TARENTULE

DU MÊME AUTEUR

Saturne, Meet, 2011.

À LA TABLE RONDE

DANS LA COLLECTION QUAI VOLTAIRE

La Pirouette, 2013.
Monastère, 2014.
Signor Hoffman, 2015.
Le Boxeur polonais, 2015.
Deuils, 2018.
Canción, 2021.
Un fils comme un autre, 2022.

DANS LA COLLECTION LA NONPAREILLE

Halfon, boy, 2019.

EDUARDO HALFON

Tarentule

TRADUIT DE L'ESPAGNOL (GUATEMALA)
PAR DAVID FAUQUEMBERG

Titre original : *Tarántula.*
Libros del Asteroide, 2024.

26, rue de Condé, Paris 6e.

editionslatableronde.fr

J'ai hérité de mes ancêtres l'envie de fuir.

ALEJANDRA PIZARNIK

ILS nous ont réveillés en criant.

Nous étions couchés sur nos lits de camp, dans l'immense tente verte. Pas un des douze ne se risquait à ouvrir la bouche. Pas un n'osait bouger dans son sac de couchage. J'ai tourné la tête vers le lit d'à côté. Dans la lumière opaque de l'aube, j'ai trouvé le visage de mon frère qui, lui aussi, me contemplait, m'interrogeant du regard sur ce qui se passait dehors, ce que signifiaient tous ces cris. Je lui ai répondu, du regard également, que je n'en avais aucune idée. Mais tout à coup, les hurlements se sont faits plus forts, hystériques. Quelqu'un s'approchait de notre tente. Il y a eu un bref silence – assez marqué, tout de même, pour que nous parviennent les pleurs d'un des enfants au fond de la tente –, avant qu'on écarte le pan de toile verte qui tenait lieu de porte et que notre monde se retrouve tout entier inondé de lumière.

Sur le seuil se dressait la silhouette de Samuel Blum, notre instructeur, notre ami et protecteur inconditionnel, mais à présent vêtu d'un uniforme noir, une matraque à la main, éructant des cris et des ordres qu'aucun enfant allongé là ne comprenait. Sur son bras gauche – il m'a fallu un moment pour m'en rendre compte – marchait une énorme tarentule.

*

J'avais treize ans, mon frère douze. Nous vivions aux États-Unis depuis trois ans, après avoir fui ce chaos politique et social qu'était le Guatemala des années 1980. Même si mes parents n'aimaient pas que j'explique ainsi les choses à mes nouveaux camarades d'école, que je décrive notre départ du Guatemala comme une fuite. C'était pourtant bien cela : une fuite. C'est ce que nous avions fait. Mes parents avaient vendu précipitamment non seulement la maison qu'ils venaient de faire construire, mais tout ce qu'elle contenait – les meubles, les tapis, les cadres accrochés aux murs, les ustensiles de cuisine, jusqu'aux petites voitures et aux jouets que je conservais dans l'armoire –, et nous nous étions enfuis en Floride à la fin de l'été 1981 avec seulement quelques valises. À présent, trois années plus tard, mes parents avaient décrété que mon frère et moi retournerions au Guatemala pendant les vacances scolaires de décembre pour participer à un camp d'enfants juifs.

Ils nous ont annoncé que mon frère et moi prendrions l'avion seuls, sans eux (j'ai oublié la raison pour laquelle notre petite sœur n'était pas du voyage, même si, maintenant que je sais où ils nous envoyaient, je devine qu'elle était encore trop petite et trop innocente). Le camp, nous ont expliqué mes parents, s'appelait mahané en hébreu, et se déroulerait au cœur d'une immense forêt vierge, à une centaine de kilomètres de la capitale. Nous passerions quelques jours à vivre sous la tente et à faire des feux de camp, quelques jours à apprendre non seulement des techniques de survie dans la nature mais des techniques de survie dans la nature pour enfants juifs. Ce qui n'était pas la même chose, nous ont-ils expliqué.

Je ne voulais pas y aller.

J'en étais à ce stade ambigu – treize ans – où un enfant continue d'avoir des activités enfantines tout en explorant des choses d'adulte. Je continuais de regarder des dessins animés à la télévision une fois par semaine, le samedi matin, même si, une fois par semaine également, j'avais commencé à me raser la moustache. J'avais encore besoin que ma mère me dépose puis revienne me chercher devant le ciné quand j'allais voir un film avec des amis, mais je mettais déjà un peu d'eau de Cologne et de déodorant avant de sortir de chez moi. Et si je continuais de collectionner et d'échanger des cartes de joueurs de baseball, je cachais dans le même tiroir quelques revues pornographiques pour m'aider dans mes premières tentatives de masturbation.

Mais je me rappelle aussi qu'à cet âge-là, par principe ou par pure rébellion – sûrement un peu des deux –, j'ai commencé à rejeter ce que m'imposaient mes parents. Aujourd'hui je comprends que ce n'est pas tant les choses qu'ils m'imposaient que je rejetais, mais tout ce qu'ils représentaient, leur monde en général. Pour un enfant, commencer à défaire le monde dont il a hérité constitue l'un de ces petits pas qui permettent de se construire. Je rejetais leurs horaires, leurs règles, leurs goûts, leurs régimes alimentaires, leurs sports, leurs idées, et jusqu'à leur langue : depuis notre arrivée aux États-Unis, je refusais de parler espagnol ; ils s'adressaient à moi en espagnol et je répondais en anglais. Mais mon plus grand rejet, et sans aucun doute le plus scandaleux, était celui du judaïsme.

Un rejet ni belliqueux ni véhément, pas même conflictuel. Au contraire. Je faisais mon possible pour éviter ou esquiver le judaïsme. C'était comme quitter discrètement une fête, sans un mot, sans prendre congé de personne. Je refusais d'accompagner mon père aux sessions de prière, m'inventais d'autres engagements pour ne pas participer aux dîners du shabbat, le vendredi ; j'avais même offert à un ami chrétien, en secret, dans un geste plus symbolique que pratique, ma petite calotte de soie (kippa, en hébreu) et mon châle de prière presque neuf (talit, en hébreu). Ma mère ne disait rien, visiblement déconcertée. Mon père, lui, me hurlait des ordres. Il a toujours imposé le judaïsme par les cris. Lorsqu'il me trouvait encore au lit le samedi matin, il me réveillait en hurlant que c'était mon devoir de l'accompagner à la synagogue. À peine s'était-il rendu compte que je commençais à fréquenter des filles de mon âge qu'il m'a rappelé, dans une bordée de cris aussi épiques que prématurés et inutiles, que dans notre famille il était interdit d'avoir une petite amie non-juive. Et moi, bien sûr, je lui obéissais.

Même si je m'enhardissais parfois à répondre à mes parents en questionnant le pourquoi de toutes ces obligations, de tous ces dogmes, et la nécessité pour moi de suivre leurs traditions inexplicables. Une de ces disputes, la plus âpre ou la plus bouleversante, en tout cas l'une de celles dont je me souviens le mieux, a eu lieu un soir que j'étais assis entre mes deux parents sur le canapé du salon et que nous regardions tous les trois l'épisode d'une série télévisée se déroulant un siècle plus tôt dans un village du Kansas ou du Minnesota, je ne sais plus ; un quelconque village bucolique et perdu du Midwest américain. Dans cet épisode, les habitants passaient leur temps à se moquer d'un vieux menuisier juif. Un monsieur à l'allure de paysan disait que s'il laissait le juif entrer dans son magasin, c'était uniquement parce que le vieux menuisier fabriquait de très bons cercueils, et que les cercueils étaient très demandés dans sa boutique. Des dames, en le voyant passer dans la rue, s'écriaient, offusquées, qu'il fallait se boucher le nez et surveiller son portefeuille, tandis qu'une bande de gamins affirmaient avec la plus absolue conviction que le vieux juif, comme tous les juifs, cachait des cornes sous son chapeau noir. L'idée qu'un vieux menuisier puisse avoir une paire de cornes dissimulées sous cette espèce de chapeau melon m'a paru si drôle que j'ai éclaté de rire. Mais en me tournant vers ma mère, je me suis rendu compte qu'elle pleurait. Et mon père, me considérant avec rage, supposant peut-être que mon rire était lui aussi dirigé contre le vieux menuisier et tout le peuple juif, a explosé.

Ils ne me l'ont jamais dit, mais je suis convaincu que d'une certaine façon, dans leur raisonnement, nous envoyer dans un camp au Guatemala à la fin de cette année-là était un moyen de me rapprocher à nouveau du judaïsme – de leur judaïsme –, et par la même occasion d'un pays que, trois ans après l'avoir abandonné, je considérais déjà comme lointain et étranger.

Furieux, j'ai répondu que je n'irais pas. Qu'à treize ans, j'avais le droit de faire mes propres choix. Que je n'avais pas envie d'aller au Guatemala, ni de camper avec une bande d'enfants juifs que je ne connaissais pas, ni de m'asseoir autour d'un feu pour apprendre des chansonnettes dans un hébreu incompréhensible. Je n'aimais pas non plus l'idée d'être obligé de passer plusieurs jours à ne m'exprimer qu'en espagnol, cette langue que je ne savais presque plus parler ou, qu'au mieux, je parlais avec un fort accent américain – ça, bien sûr, je l'ai gardé pour moi.

Ma mère est restée silencieuse, visiblement chamboulée, pressentant peut-être que ce n'était pas un simple camp que je rejetais. Mon père, lui, m'a lancé une unique injonction.

Tu iras, un point c'est tout.

*

Le premier que nous avons rencontré, c'est Samuel Blum.

Il accueillait les enfants sur le bas-côté de la route, aux abords d'un village qui s'appelait Santa Apolonia, un sifflet autour du cou et une pochette entre les mains, et il m'est aussitôt apparu comme l'un des hommes les plus beaux que j'avais jamais vus. Il était grand et fin, avec des traits extrêmement féminins : il avait les yeux bleu ciel et une longue crinière de boucles blondes qui ressemblait encore à la mode des années 1970 (des années plus tard, je repenserais à lui en découvrant à l'écran le jeune Tadzio de Visconti). Dans son dos, en guise d'escorte, étaient plantés quelques soldats ou policiers ou gardes privés, impossible de le savoir ; tous en uniforme vert et kaki, avec en bandoulière un énorme fusil noir. Contemplant l'un de ces fusils noirs – il m'a semblé apercevoir un filet de fumée grise s'élever du canon –, je me suis demandé combien de guérilleros cette arme avait bien pu tuer. C'était la fin de l'année 1984. Le pays était toujours plongé dans la violence et l'insécurité du conflit armé interne, même si je n'avais pas encore l'âge de comprendre que la présence de ces soldats ou policiers ou gardes privés était également due au fait qu'un samedi matin, quelques mois plus tôt, le rabbin de la communauté avait découvert une bombe dans la synagogue, cachée dans les rouleaux de la Torah.

Les frères Halfon, a-t-il annoncé en nous voyant. Moi, c'est Samuel Blum, a-t-il ajouté en tendant la main, et il a dû remarquer que mon frère et moi étions soudain un peu nerveux car, aussitôt, il a posé un genou à terre et nous a demandé tout bas si nous voulions connaître un secret. Notre grand-père polonais n'était pas loin ; il était venu nous chercher à l'aéroport avec son chauffeur (cela faisait des années, depuis un premier infarctus, qu'il ne conduisait plus), et n'allait pas tarder à nous laisser là, aux environs de Santa Apolonia, sur ce terrain vague en bord de route, à partir duquel le groupe au complet entamerait une marche de trois ou quatre heures dans les montagnes de l'Altiplano, avec sacs à dos et duvets, jusqu'au site retiré et reclus où se trouvait le campement. Mais le secret de Samuel, nous l'avons aussitôt compris, n'était destiné qu'à nous deux. Mon frère et moi lui avons répondu que oui, et Samuel a d'abord fait un geste de la main pour que nous nous rapprochions un peu, avant de tendre l'index vers le bas, désignant la grande poche de son imperméable vert militaire qu'il avait entrouverte de son autre main. Là-dedans, dans un coin de cette poche, avons-nous découvert avec effroi, dormait un petit serpent fin et entièrement rouge – un rouge flamboyant, entre écarlate et cramoisi –, à l'exception de sa petite tête noire.

Samuel a plongé la main dans sa poche ; doucement, avec précaution, il a sorti le serpent et l'a tenu devant nous pour que nous puissions mieux le voir. Le serpent formait une petite boule rouge au creux de sa paume. Me rappelant que j'avais mon appareil Instamatic dans mon sac à dos, je me suis dépêché de le sortir et j'ai pris une photo.

Bienvenue sous les tropiques, nous a murmuré Samuel, l'index posé sur ses lèvres, son regard bleu changeant de bleu. Ou s'animant soudain d'une autre lueur, enflammée, un regard que, sur le moment, j'ai jugé espiègle et taquin. Je ne savais pas que dans de beaux yeux bleus le sinistre a aussi sa place.

*

C'était un Kodak Instamatic X-15, avec des pellicules au format 126. Un appareil photo rectangulaire, élégant, d'une simplicité parfaite pour un enfant, assez novateur pour l'époque. Pas besoin de se préoccuper de la mise au point, du temps de pose ni de la luminosité. Il suffisait d'appuyer sur un bouton et voilà, la photo était prise. Mes parents me l'avaient offert quelques semaines avant mes dix ans, c'est-à-dire quelques semaines avant notre départ précipité du Guatemala à la fin de l'été 1981, quand les affrontements entre soldats et guérilleros s'étaient intensifiés jusqu'à faire furieusement irruption dans la capitale.

Je me rappelle que la première chose que

j'ai faite, après avoir ouvert ce cadeau d'anniversaire anticipé, a été de me diriger, avec mon nouvel appareil photo, vers le bac à sable rouge dans le jardin. Je n'avais plus le droit de sortir seul dans la rue. Un couvre-feu avait été instauré, les rues et les avenues de la ville grouillaient de patrouilles, d'escadrons anti-enlèvements et de policiers armés, on entendait jour et nuit les tirs et les explosions. Dehors, c'était la guerre. Même nous, les enfants, le savions, sans en connaître la cause.

*

Je défendais la première base. Mon frère couvrait le champ extérieur droit (un enfant dont le patronyme était Arzú avait déclaré à sa mère, avant la partie, qu'il voulait acheter mon frère et le ramener chez lui, comme si mon frère était un jouet). Mon père nous observait depuis les gradins, proférant tour à tour encouragements et huées, quand est apparu un hélicoptère militaire. Il volait bas dans le ciel parsemé de nuages, à une ou deux rues du diamant de baseball, sa porte latérale grande ouverte et un soldat assis sur le rebord qui pointait sa mitraillette vers le bas. Soudain, le soldat s'est mis à tirer sur quelqu'un (ou quelques-uns) au milieu des maisons du quartier de La Villa, le batteur a frappé une balle au sol vers la troisième base, le joueur de troisième base l'a attrapée et me l'a lancée juste à temps, et la partie s'est poursuivie dans le crépitement de la mitraillette en plein ciel, en face de nous, comme si de rien n'était.

*

J'ai traversé le jardin jusqu'au bac à sable rouge, en réalité un immense pneu de camion peint en rouge, rempli de sable blanc. Je suis monté dans le pneu et j'ai sorti des poches de mon pantalon une troupe entière de soldats de plomb, huit ou dix peut-être. Leurs uniformes étaient peints des trois mêmes couleurs – vert clair, vert foncé et marron –, mais chaque soldat était figé dans une pose différente. Certains debout, chargeant leur fusil. D'autres à plat ventre, arme pointée. D'autres encore un genou à terre, la crosse de leur fusil en appui sur le sol. J'ai entrepris de les disposer et de les prendre en photo sur le sable blanc et le rebord du pneu rouge, puis, arrivé au bout de la bobine, je suis rentré en courant dans la maison et, avec fierté, j'ai remis la pellicule à ma mère pour qu'elle aille faire développer mes premières photos.

Quelques jours plus tard, ma mère a débarqué dans ma chambre, un petit paquet à la main. Elle était en colère. J'ai mis du temps à saisir que son irritation était due à ces photos qu'elle serrait dans son poing, les secouant et les agitant au rythme de ses cris, ou plutôt son unique cri :

Quel gâchis !

Ma mère, quand elle était fâchée après moi, répétait invariablement la même phrase, probablement sans s'en rendre compte. Comme un marteau frappant et refrappant le même clou. Je n'oublierai jamais sa phrase de ce jour-là. Pas plus que je n'oublierai le sentiment d'échec et de perplexité que son martèlement a provoqué en moi. Pourquoi un gâchis ? Un gâchis de quoi ? De temps ? De pellicule au format 126 ? De l'appareil photo Instamatic ? D'imagination ?

Elle a fini par repartir, les photos toujours dans la main. Je ne les verrais jamais. Je n'ai rien pu répondre à ma mère. Je n'ai jamais pu lui expliquer qu'en réalité ces premières photos mettaient en scène une histoire de soldats et de guérilleros s'affrontant dans un bac à sable rouge, une histoire de guerre que j'avais imaginée et que je voulais raconter.

*

Des années plus tard, je me suis rendu compte que cette série de photos s'inspirait, sans doute, de deux sources.

La première, c'est mon frère qui me l'a remise en mémoire il y a peu. J'avais complètement oublié ce livre que quelqu'un nous avait offert au cours de nos derniers mois au Guatemala ; ni mon frère ni moi ne nous rappelons de qui il s'agissait, même si nous soupçonnons un ami golfeur de mon père qui vivait en Floride, grand lecteur, buveur de vodka et fumeur de Camel sans filtre, qui nous gâtait et nous chérissait comme un oncle, et qui s'appelait Jack (nous l'appelions Captain Jack, comme dans la chanson de Billy Joel). Ce livre était un exemplaire ancien, un peu défraîchi, des *Petites Guerres* de H.G. Wells, dans lequel l'écrivain propose un ensemble de règles destinées à un jeu de guerre avec des soldats de plomb, similaire au fameux Kriegsspiel allemand créé en 1812 pour entraîner l'armée prussienne. Moyennant quoi je m'amusais à appliquer les stratégies de Wells à mes petites guerres de soldats de plomb.

La seconde, c'était une nuit, quelques jours ou semaines avant que je prenne ces photos. Un haut dignitaire s'était rendu dans la maison voisine de la nôtre, où vivaient la sœur de mon père et son époux. Ce devait être un représentant du régime, un maire ou un ministre, voire le président en personne (le général Fernando Romeo Lucas García, que mes oncles connaissaient personnellement). Après le dîner, déjà en pyjama et prêt à me coucher, je me suis approché de la fenêtre de ma chambre et, écartant légèrement les épais rideaux, j'ai surpris des soldats en train de rôder dans notre jardin. La domestique, plantée sur le seuil de ma chambre, me suppliait de m'éloigner de la fenêtre, il était l'heure de se coucher. Je ne comprenais pas l'urgence de sa demande, ni son ton un rien agressif, ni pourquoi elle n'arrêtait pas de se signer, mais j'ai obéi. J'ai jeté un coup d'œil dans le jardin et la dernière chose que j'ai pu distinguer dans l'obscurité de la nuit avant de refermer les rideaux, c'est l'image diffuse de trois soldats assis sur le rebord du pneu, leurs bottes noires posées sur le sable, leurs fusils noirs en bandoulière, les braises de leurs cigarettes voletant telles des lucioles rouges dans la nuit.

*

J'ai miraculeusement gardé, en revanche, une poignée de photos désormais passées, prises avec ce Kodak Instamatic à l'époque où je vivais aux États-Unis. Il y en a une de mon frère sur son nouveau vélo. Une autre d'un éblouissant pélican à tête jaune qu'un après-midi nous avions trouvé en train de flotter sur notre piscine, blessé ou égaré. Une autre de mon grand-père polonais allongé sur le lit de la chambre d'amis : il porte un débardeur blanc et tient le violon d'occasion qu'il vient d'offrir à ma mère (lui-même ne savait jouer qu'une chanson, *A Yiddishe Mame*, dont il avait appris des bribes dans sa jeunesse à Lódz et qui le faisait toujours pleurer quand il la jouait) ; à cet instant précis, mon grand-père lève un peu l'avant-bras gauche, sans qu'on puisse savoir si c'est pour cacher son visage tout juste réveillé ou pour montrer à l'objectif son petit tatouage verdâtre (ces cinq chiffres sur mon avant-bras sont mon numéro de téléphone, semble-t-il dire au saut du lit, comme il nous le racontait quand nous étions enfants). Il y a également une photo, décolorée et un peu froissée, de mon père. Elle date de la fin de l'année 1983. Mon père, entouré de gens, est assis en bout de table dans notre salle à manger, chemise déboutonnée, le sourire énorme, tandis qu'une Gitane à peine vêtue d'une tenue de paillettes d'or danse devant lui. J'avais douze ans, mon père fêtait ce soir-là ses quarante ans et quelqu'un, à n'en pas douter l'un de ses cousins ou amis qui dansaient eux aussi et applaudissaient autour de la table de la salle à manger, avait engagé la Gitane pour lui faire une surprise.

Chaque fois que je revois ces photos, elles me donnent envie de parler à celui qu'était mon père ce soir de la fin de l'année 1983, de parler à ce père souriant et euphorique de quarante ans (dix de moins que moi à l'heure où j'écris ces lignes). Mais je ne saurais pas quoi lui dire. Que des années difficiles nous attendent, peut-être, qu'il devra se montrer patient avec moi, que je mettrai du temps à trouver ma voie. Peut-être que même s'il m'était donné de lui parler, je ne lui dirais rien. À quoi bon.

*

Les tentes – taillées dans une toile de coton vert olive, lourde et asphyxiante – paraissaient militaires. Ce qu'elles avaient sans doute été. Tout dans ce camp était militaire. Les horaires stricts ; la hiérarchie entre les enfants, entre les instructeurs aussi ; l'uniforme obligatoire (tilboshet, en hébreu), pantalon de toile bleu, T-shirt blanc, foulard blanc bordé de bleu clair noué autour du cou (anivá, en hébreu) ; jusqu'au drapeau du camp (déguel, en hébreu) que nous devions protéger coûte que coûte, sans que je comprenne vraiment contre qui. Le premier après-midi, après nous avoir répartis par groupes d'âge (kvutzot, en hébreu), les instructeurs ont hissé ce drapeau à fond blanc orné de lettres bleues et nous ont annoncé avec le plus grand sérieux que nous devions le défendre jusqu'à la mort, et que pour ce faire, nous autres, les aînés, allions assurer une série de gardes ou de veilles (shmirot, en hébreu), deux par deux, tout au long de la nuit. S'il devait arriver quoi que ce soit à ce drapeau, ont-ils dit, le camp prendrait aussitôt fin.

Notre groupe s'appelait Palmah. Samuel Blum nous a expliqué l'origine de ce nom lors de ce premier après-midi, assis sur l'un des lits de camp de notre tente, s'adressant à nous avec un accent presque caribéen, vénézuélien peut-être ou cubain ou dominicain, un accent tout sauf guatémaltèque. Palmah, nous a-t-il expliqué non sans orgueil, avait été le nom de l'unité de soldats juifs d'élite de l'armée non officielle, baptisée Haganah, à l'époque où la Palestine était sous mandat britannique, dans les années 1940, avant la création de l'État d'Israël. Nombre de ses membres originels, tels que Yitzhak Rabin, Yigal Allon et Moshe Dayan, avaient ensuite occupé les plus hautes fonctions de l'armée et du gouvernement israéliens.

Pas un d'entre nous ne comprenait de quoi il parlait, mais cela n'avait pas d'importance. Notre nom, Palmah, nous plaisait, il faisait héroïque et légendaire, et Samuel aussi nous plaisait.

Nous étions une douzaine d'enfants, âgés de douze à quatorze ans, venant pour la plupart du Guatemala. Le plus extraverti et baratineur des Guatémaltèques se nommait Gabriel Lerner, mais tout le monde l'appelait Perico, la perruche, à cause du sweat vert fluo qui ne le quittait jamais ; nous avions joué ensemble chez lui, dans les années qui avaient précédé mon départ pour les États-Unis, à l'un des jeux les plus violents et interdits mais riches en émotions de mon enfance. Notre groupe comptait également dans ses rangs un trio de Mexicains : un petit rouquin grassouillet à la peau très rose, Saúl Grossman, qui la nuit se faufilait hors de la tente pour aller voler des petits pains et des chocolats dans la réserve de la cantine ; un enfant introverti et solitaire nommé Koslowski, que je revois encore à quatre pattes sur le sol, à la recherche de capsules de bouteilles de soda qu'il collectionnait ; et un tennisman licencié, très doué, disait-on – il s'appelait Mauricio Levy et passait ses journées à parler de sa fiancée, à lui courir après et à l'embrasser derrière une des tentes ou le premier arbre venu. Il y avait un millionnaire du Panama nommé Elie Rosenberg, un enfant aux yeux de poisson et aux cheveux gras, si prétentieux et insupportable qu'une nuit, pendant qu'il dormait, nous avons plongé sa main droite dans une cuvette d'eau tiède, et il a fait pipi dans son lit de camp. Un Costaricain fort sympathique, Benjamín Weiss, qui marchait sur la pointe des pieds, véritable paquet de spasmes et de tics verbaux (il souffrait, apprendrais-je des années plus tard, du syndrome de la Tourette) ; pour d'obscures raisons médicales, il n'avait pas de nombril, rien, pas la moindre trace au milieu du ventre, à croire qu'il était né sans mère. Et enfin, Martínez, un Nicaraguayen à la peau assez foncée – j'ai oublié ou n'ai peut-être jamais su son prénom, car nous l'appelions tous Martínez –, dont nous avons remis en question le judaïsme, ce premier jour, dès que Samuel a quitté notre tente. Il n'existait pas de juifs nicaraguayens. Ni de juifs nommés Martínez. Il s'est défendu comme il a pu, expliquant que sa mère était juive (pas son père) et récitant deux ou trois prières simples en hébreu, proposant même de baisser son pantalon pour que nous puissions vérifier. Nous lui avons dit que ce n'était pas la peine, et nous sommes rués hors de la tente avec un ballon de football. Personne n'était d'humeur à voir un pénis nicaraguayen.

*

Faire tomber l'autre. Voilà en quoi consistait le jeu. Le gagnant était celui qui parvenait le plus de fois à projeter l'autre dans les airs. J'y jouais avec Perico, toujours vêtu de son sweat vert fluo, toujours sur les pavés du patio à l'arrière de sa maison, située à quelques rues de la mienne. J'étais plus jeune que lui (de dix mois), et c'était à moi de monter en premier sur le vélo. Perico se positionnait au centre du patio, armé d'un vieux manche à balai, et je décrivais des cercles autour de lui, le plus vite possible, tandis qu'il attendait le bon moment pour glisser le manche à balai dans les rayons d'une des roues de la bicyclette et me faire tomber. Si je parvenais à garder l'équilibre, je marquais un point ; si je tombais, il marquait un point (même s'il est probable que cette histoire de points n'ait jamais existé, et que je l'invente aujourd'hui histoire de conférer à ce jeu un côté plus comptable, plus numérique). Ensuite, nous inversions les rôles : Perico grimpait sur le vélo, j'empoignais le manche à balai et m'installais au centre du patio pavé, prêt à le faire chuter. Nous jouions en secret, évidemment, sans le raconter à personne, car nous savions que notre jeu était imprudent, dangereux. Il y eut des égratignures. Des bleus. Quelques larmes. Aucune fracture.

*

La première nuit, ma montre digitale a sonné à trois heures pile : une Casio tape-à-l'œil, en plastique noir. J'ai bondi du lit de camp, enfilé bottes et manteau, cherché ma petite lampe de poche et, encore à moitié endormi, je suis sorti de la tente dans la nuit obscure et glaciale.

Quand, enfin, j'ai atteint la clairière où se dressait le drapeau, j'ai aperçu une fille qui avait les bras croisés et les sourcils froncés.

T'es en retard, a-t-elle dit.

Mais il est trois heures, me suis-je défendu en lui montrant ma montre digitale.

Trois heures dix, a-t-elle articulé, et notre tour de garde a commencé il y a dix minutes, sans toi.

Elle m'a tourné le dos, elle est allée se poster de l'autre côté du poteau métallique, et nous ne nous sommes plus adressé la parole ni regardés de toute l'heure où nous étions censés monter la garde ensemble, chacun d'un côté du drapeau.

Elle s'appelait Regina. Elle avait quatorze ans, des cheveux noir de jais, la peau très claire parsemée de taches de rousseur, et elle était plus grande que moi.

*

Le lendemain après-midi, alors qu'avec les douze membres de mon groupe nous marchions dans les pas de Samuel, le long d'un ruisseau, et peut-être en raison de tout ce qu'il avait passé la journée à nous asséner, j'ai commencé à comprendre que les activités du camp n'étaient pas seulement didactiques, mais relevaient de l'endoctrinement.

Au cours de la formation martiale de cette matinée-là, nous avions dû entonner plusieurs chants de protestation en hébreu et apprendre par cœur l'hymne du camp et l'hymne national d'Israël, *Hatikvah*. Là, sans rompre les rangs, les instructeurs nous avaient entraînés à comprendre les ordres qu'ils nous criaient en hébreu : sheket (silence), ten kavod (le salut officiel, main droite levée, index,majeur et annulaire tendus), amod dom (posture ferme, pieds joints, bras le long du corps), amod noach (posture relâchée, pieds écartés d'une largeur d'épaules, mains dans le dos). Ensuite, on nous avait fait marcher en file indienne à travers le campement pendant plus d'une heure, comme un escadron ; quand un instructeur s'approchait et nous hurlait rimon smol (grenade gauche), nous devions aussitôt nous précipiter vers la droite, nous mettre à couvert et nous protéger les uns les autres ; quand un instructeur s'approchait et nous hurlait rimon yamin (grenade droite), il fallait répéter la manœuvre vers la gauche. Ils criaient si fort après les enfants qui n'exécutaient que mollement leurs ordres que nous avons fini par croire qu'ils ne plaisantaient pas avec leurs grenades prêtes à exploser.

Il s'agissait bien d'activités d'endoctrinement. Même si je ne formulais pas la chose ainsi, mon analyse de préadolescent ne pouvant être aussi élaborée. Mais quelque chose dans mon esprit encore naïf a commencé à saisir que les jeux, les chants, les repas, les exposés et même les marches dans la forêt avaient un seul et unique but : nous inculquer non pas un judaïsme religieux, ni un judaïsme orthodoxe, ni un judaïsme réformiste, ni même un judaïsme laïc, chose à laquelle je m'attendais peut-être ; non, tout le programme du camp était conçu pour développer en nous le sentiment d'être un juif parmi les juifs. Comme les membres d'un club privé. Les habitants d'une même communauté. Ou les citoyens obéissants et bien éduqués d'un État, en l'occurrence un État sioniste en plein Altiplano guatémaltèque.

Et donc, à mi-chemin de cette marche le long d'un ruisseau, sans rien dire à personne et sans même réfléchir, je me suis arrêté, j'ai fait demi-tour et regagné seul le camp à travers bois.

Cet après-midi-là, alors que j'étais allongé sur mon lit de camp, Samuel est venu me trouver, passablement énervé. Ne voulant pas lui dire ce que je pensais ou plutôt soupçonnais, je me suis contenté de bafouiller je ne sais quel mensonge au sujet de mon estomac, que les haricots, les tortillas, les tamales de chipilín, l'atol de elote et tous ces plats guatémaltèques ne m'avaient pas réussi.

*

J'ai été étonné d'apprendre que je monterais de nouveau la garde au pied du drapeau, de deux à trois heures du matin. Une punition de Samuel, ai-je supposé, à cause de mon comportement lors de la marche. Cette fois, j'ai dormi avec mes bottes et mon manteau, mon alarme a sonné à deux heures moins dix, et quand je me suis présenté dans la clairière, avec quelques minutes d'avance, j'ai eu la surprise de revoir Regina, assise en tailleur dans l'herbe, à côté du poteau métallique. Elle tenait dans une main un livre ouvert, dans l'autre sa petite lampe de poche.

C'est encore notre tour, a-t-elle déclaré la

première, ayant peut-être remarqué ma surprise ou ma confusion. Je vais lire un peu pendant que tu surveilles, d'accord ?

Elle parlait sans relever les yeux de son livre, comme si elle ne voulait pas interrompre sa lecture ou ne même pas me voir. J'ai hésité à lui demander ce qu'elle lisait. Puis à lui demander contre qui nous devions protéger ce drapeau. Mais je me suis contenté de dire d'accord, et j'allais me poster de l'autre côté du poteau quand sa voix m'a stoppé net.

Tu vis aux États-Unis ?

J'ai répondu que oui, dans le sud de la Floride, depuis trois ans. Elle est restée silencieuse pendant quelques secondes, et j'ai remarqué que son index se déplaçait à l'horizontale sur la page. L'éclat de sa lampe m'a soudain aveuglé.

C'est pour ça que tu parles si mal l'espagnol, a-t-elle dit en m'éclairant le visage.

Je n'ai rien répondu et Regina n'a plus rien dit, elle a ramené le faisceau de sa lampe sur la page du livre et continué de lire en silence jusqu'à ce que notre heure ensemble se termine, et que chacun retourne se coucher sur son lit de camp.

*

Le lendemain matin, tandis que nous déjeunions tous les douze dans la tente plus spacieuse qui faisait office de cantine, où une femme maya – en huipil et corte, avec une couronne de tissus bleus autour de la tête – préparait les petits déjeuners, les déjeuners et les dîners, Samuel nous a surpris en train de regarder en douce un vieux livret qu'un des enfants de mon groupe avait trouvé pendant la nuit. Trouvé ou volé, je ne l'ai jamais su avec certitude. Je n'ai pas su non plus qui l'avait trouvé. Mais celui qui le tenait sous la table, à ce moment-là, était le tennisman licencié, Mauricio Levy.

Le livret était ouvert sur une illustration de trois soldats en uniforme et casque verts empoignant sans ménagement une femme vêtue de rouge et de jaune. L'un des soldats lui couvrait la bouche d'une main, l'empoignant par la nuque de l'autre. Le deuxième soldat l'agrippait fermement par les bras. Et le troisième, planté derrière la femme, semblait lui couper une mèche de cheveux avec des ciseaux. La femme avait les yeux fermés, le cou salement tordu, le visage crispé de douleur et de chagrin. Au-dessus de l'image, en lettres minuscules et rondes, était imprimé un seul mot : capturée. Et sous l'image, le même mot mais décomposé en syllabes : cap-tu-rée. Le reste de la page était couvert d'une succession de lignes pleines et en pointillé.

Nous étions tous là, agglutinés autour de Mauricio Levy, happés par cette étrange illustration que nous commentions tout bas en nous efforçant de la comprendre. Personne ne s'est rendu compte que Samuel était entré dans la tente et s'était approché de notre table, jusqu'à ce qu'il se dresse au-dessus de nous, arrache le livret des mains du tennisman mexicain et exige de savoir à qui il appartenait et où nous l'avions trouvé. Nous sommes restés muets, à regarder Samuel qui tendait le livret ouvert devant nous tel un professeur s'adressant à sa classe, et nous abreuvait d'accusations et de cris en nous montrant une autre illustration.

Un homme y était agenouillé devant un bureau peint en rouge, où étaient posés un couteau, une petite radio portative, un fouet enroulé sur lui-même et une feuille de papier. L'homme, vêtu de ce qui devait être une soutane, avait une corde autour du cou, les yeux bandés et les mains ligotées dans le dos. Il avait aussi des chaînes et des fers aux pieds. Assis sur une chaise derrière le bureau rouge, un militaire qui semblait être un officier pointait sur lui son index ou un pistolet – impossible de savoir. Debout autour de l'homme à l'habit de curé, des soldats en uniforme noir et béret rouge le surveillaient et braquaient sur lui leurs fusils. Au-dessus de l'illustration, là encore en lettres minuscules et arrondies, un seul mot : interrogatoire. Sous l'illustration, de nouveau, le mot décomposé en syllabes : in-ter-ro-ga-toi-re. Sur le reste de la page, la même succession de lignes pleines et en pointillé.

Aucun de nous ne disait rien. Nous savions que c'était un livret inapproprié, et même illicite, sans savoir précisément pourquoi.

Alors, Samuel a laissé échapper un soupir exaspéré, il a plié en deux le livret et l'a fourré dans la poche arrière de son pantalon, puis nous a dit de préparer en vitesse un sac à dos léger – nous allions faire une excursion d'une journée entière dans la montagne. Il a eu un bref sourire et, une nouvelle fois, son regard bleu a comme changé de bleu, et j'ai imaginé le serpent rouge en train de ramper au fond de la grande poche de son imperméable. Aujourd'hui, nous a-t-il dit, vous allez apprendre à survivre dans la nature.

*

Nous avons quitté le campement en milieu de matinée et nous sommes engagés sur un chemin dévoré par le sous-bois, qui montait à l'assaut de la montagne. J'avais mon sac sur le dos et, au cas où, mon appareil Instamatic dans la poche de mon manteau. Cette marche était nettement plus difficile et escarpée que nous ne l'avions imaginé, et même si la plupart d'entre nous l'avons bien supportée (Martínez étant, comme toujours dans les activités physiques, le plus vaillant), Saúl, le rouquin mexicain grassouillet à la peau rose, n'a cessé de se plaindre durant ces deux heures, haletant et crachant, à dix ou vingt pas derrière le groupe. Quand nous avons enfin atteint un terrain plus plat, une sorte d'esplanade ou de prairie, Saúl est tombé à genoux et a vomi tout son petit déjeuner.

Nous avons passé le reste de la journée à acquérir différentes techniques de survie. Samuel nous a appris à construire un abri de branches et de feuilles, avec un toit en écorce de cèdre, au cas où nous serions obligés de dormir en pleine nature. Il nous a appris à faire un feu en érigeant une pyramide de bois dans un endroit sûr – jamais à côté d'un arbre, nous a-t-il expliqué, et toujours à l'intérieur d'un cercle de pierre –, à fabriquer une bûche scandinave à partir d'une souche de pin desséchée, il nous a enseigné deux manières d'allumer un feu : avec le verre d'une paire de lunettes ou d'un tesson de bouteille et les rayons du soleil, ou en utilisant la seule friction d'un bout de bois sur une pierre (Martínez a été le seul à y parvenir). Il nous a appris à faire sécher nos chaussettes mouillées et l'intérieur de nos chaussures de marche en y glissant quatre ou cinq pierres chauffées dans l'eau bouillante. Il nous a appris comment et où trouver de l'eau et, aussi, comment la rendre potable en la faisant couler à travers un filtre composé de mousse, d'écorce, de sable fin, de gravillons et de charbon de bois, avant de la faire bouillir. Il nous a appris à confectionner une corde avec les racines d'un conifère, à improviser un hameçon de pêche avec la goupille d'une cannette d'aluminium (mon frère, très habile dans ce genre de travaux manuels, a fabriqué un hameçon parfait). Il nous a initiés aux premiers secours : comment traiter une coupure et une brûlure, comment assembler une civière avec des branches et deux grands bâtons, sur laquelle nous avons dû redescendre Saúl le petit gros jusqu'au campement en fin d'après-midi, en nous relayant aux quatre extrémités.

Samuel était à l'évidence un spécialiste des techniques de survie. Mais pas un d'entre nous n'a eu le bon sens de lui demander où, et pourquoi, il avait appris toutes ces choses.

*

Au retour de la marche, épuisé et crasseux, j'ai demandé à Samuel l'autorisation d'aller me débarbouiller au ruisseau, bien qu'il fasse presque nuit. Samuel m'a dit, en grommelant, de ne pas traîner, qu'on allait bientôt nous appeler pour dîner.

Je suis sorti de la tente et j'ai traversé la clairière. Je suis passé devant le drapeau, puis devant un feu de camp, et ensuite devant un cercle de personnes assises dans l'herbe autour d'un guitariste qui chantait un air en hébreu – les yeux fermés, la voix grave et rauque, menton légèrement relevé, avec sur ses traits la grimace raide et douloureuse. Continuant d'avancer, je n'ai pas tardé à atteindre l'endroit d'où partait l'étroit sentier qui descendait vers l'eau, et me suis éloigné rapidement du campement. Le son de la guitare s'est peu à peu estompé derrière moi, jusqu'à disparaître, et l'idée m'a traversé l'esprit qu'au cœur d'une forêt aussi dense et touffue il n'y avait pas la place pour toutes ces notes. Marchant d'un pas pressé dans le silence et le sentiment de solitude qui régnait à présent au milieu des bois, je me suis rendu compte que j'avais oublié mon manteau et ma lampe de poche. Mais l'éclat de la lune naissante m'aidait, une lune pleine ou presque, cendrée, comme en papier mâché. Et puis je connaissais bien le chemin, avec ou sans lumière. J'ai continué d'avancer et j'étais presque arrivé au ruisseau quand j'ai entendu des bruits et un clapotis sur ma gauche. Tournant la tête, j'ai aperçu plus bas, au centre d'un petit bassin, une femme nue.

Je suis resté figé, comme ébloui, à la regarder couchée sur ce drap sombre et lisse qu'était le bassin en ce début de soirée. Je craignais d'être découvert. Mais j'ai vite compris qu'elle n'avait pas entendu mes pas dans les feuilles mortes car elle avait la tête plongée dans l'eau qui lui recouvrait les oreilles ; et elle n'avait pas pu me voir descendre le sentier puisque je n'avais pas de lampe. Je me suis baissé sans faire de bruit, m'abritant derrière un palmier en éventail, aux feuilles longues et larges.

La femme était allongée sur le dos, flottant à moitié dans cette eau peu profonde, reposant à moitié sur le fond pierreux. En surface, ses seins fermes et ronds semblaient deux pierres parmi les autres.

Depuis ma cachette, à quinze ou vingt mètres de distance, je distinguais mal son visage. Mais cela m'était égal. Je me sentais embrasé, excité, à cause de ce corps mûr et pâle ou du fait que je contemplais une image illicite, je ne saurais dire lequel des deux l'emportait. Comme toujours devant une femme nue (mon expérience se limitant alors aux revues pornographiques que je planquais dans un tiroir), j'ai ressenti des picotements autour des lèvres. Mes mains tremblaient, mais pas tellement à cause du froid. Quelques secondes ou quelques minutes se sont écoulées, et je restais caché derrière l'éventail du palmier nain, sans faire le moindre geste, sans même oser cligner des yeux : je craignais qu'en les rouvrant la femme couchée ne soit plus là, ensorcelante, émergeant telle une fleur blanche démesurée de cette eau noire et peu profonde. J'ai cru l'entendre murmurer quelque chose dans l'obscurité naissante. Pas des mots, du moins pas des mots en espagnol, ni même des mots intelligibles, prononcés pour que quelqu'un les entende et les comprenne. Soudain, elle est retombée dans le silence, s'est levée et, encore dégoulinante, a marché lentement vers l'endroit où elle avait laissé son chemisier, son pantalon, ses sous-vêtements, ses bottes, ses bagues, ses bracelets et ses autres bijoux, soigneusement alignés sur la berge du ruisseau. Je me souviens du balancement de ses seins, de l'auréole couleur cannelle de ses mamelons, de l'éclat du diamant noir parfait qu'était son pubis dans la nuit tombante. Je me rappelle qu'elle s'est essuyé le visage avec une petite serviette blanche, qu'elle s'est essuyé les épaules et les seins, puis qu'elle a glissé la serviette blanche entre ses cuisses et que la serviette blanche n'a soudain plus été si blanche. Sur la peau claire de sa longue jambe coulait un filet de sang.

*

Ce soir-là, au cours du dîner, l'une des instructrices a exigé le silence dans la cantine et, en voyant ses cheveux châtains encore humides, j'ai songé que c'était peut-être elle que j'avais surprise nue dans le ruisseau. Impossible d'en avoir le cœur net. Elle est montée sur une table pour annoncer les tours de garde de la nuit, et j'ai murmuré je ne sais quel juron en entendant de nouveau mon prénom et celui de Regina pour celui de trois heures du matin. L'un des enfants guatémaltèques, assis en face de moi, a éclaté de rire. C'était Gabriel Lerner. Furieux et sans doute empourpré, j'allais lui dire quelque chose quand, les yeux fixés sur moi mais parlant de moi à la troisième personne, il a demandé à toute la tablée si Eduardo était lent d'esprit ou s'il jouait juste les idiots. La tablée entière s'est mise à rire (sauf mon frère, bien sûr, qui était sur le point de se lever pour me défendre). Personnellement, je crois qu'il joue juste les idiots, a tranché Perico, et j'hésitais entre lui balancer un coup de poing ou mon assiette pleine pour tacher son précieux et horrible sweat vert, mais je n'ai pas eu besoin de lancer quoi que ce soit. Souriant avec malice, il a proclamé d'une voix sonore : notre gringo n'a toujours pas compris que Regina demande à être de garde avec lui toutes les nuits.

*

Cette fois, je suis arrivé le premier.

L'émotion ou les nerfs m'avaient empêché de dormir. À deux heures et demie du matin, bien réveillé, j'ai quitté la tente pour gagner la clairière.

Il était encore tôt. Deux adolescents plus âgés n'avaient pas terminé le tour de garde précédent. Ne sachant quoi leur dire, ni quoi faire, je me suis assis dans l'herbe, au pied du mât. Les deux adolescents plus âgés allaient et venaient devant moi, m'observant d'une manière étrange. Trop sérieux, sans échanger un mot. Levant les yeux, j'ai remarqué que la lune était encore haut dans le ciel, parant la nuit de reflets ocre. Pas un mouvement dans le campement, nul bruit dans la forêt. Je restais assis là, fébrile, jambes en tailleur, les mains déjà un peu tremblantes dans les poches de mon manteau (je serrais dans l'un de mes poings l'appareil Instamatic, dans l'autre un papier plié et replié), quand enfin, à trois heures pile, j'ai vu l'éclat de la lampe de Regina s'approcher et se balancer dans la nuit dégagée.

Elle ne m'a pas salué. Elle n'a rien dit. Elle s'est posée à côté de moi, a ouvert son livre et, de nouveau, s'est mise à lire.

J'avais écrit une liste de questions que j'aurais aimé lui poser – sur ce livre qu'elle avait toujours dans les mains, sur sa famille, sur son collège et ses amies, ses passe-temps préférés –, et je m'y cramponnais. Inutilement, bien sûr, car à force de réfléchir à ces questions, de les rédiger et de m'entraîner à les formuler, je les connaissais par cœur. Même si je n'arrivais plus à trouver le courage d'en poser aucune dans mon mauvais espagnol. J'étais de plus en plus anxieux et découragé, jusqu'à ce que soudain, sans que je sache si c'était intentionnel ou par accident, je sente son genou frôler le mien. Alors toute ma nervosité s'est envolée et toutes les questions aussi, la chaleur m'a inondé le corps (à cet âge, le moindre frôlement devient sexuel), et nous sommes restés comme ça, sans bouger, nos genoux se touchant à peine tandis que Regina lisait dans l'obscurité, et j'aurais aimé que notre heure ensemble ne finisse jamais. Mais cette heure s'est terminée rapidement.

Regina s'est levée d'un bond et s'apprêtait à regagner sa tente quand, bredouillant, et me hâtant à mon tour de me redresser, j'ai enfin réussi à lui dire que je savais qu'elle avait demandé à monter la garde avec moi, et que moi aussi j'aimais beaucoup passer cette heure-là avec elle.

Il y a eu un long silence, du moins un silence qui m'a paru long, ou assez long pour que son regard se fasse plus noir encore et son visage plus pâle.

Je ne sais pas de quoi tu parles, et la nuit l'a avalée.

*

Une tarentule.

Voilà ce que Samuel avait sur le bras gauche, quand il nous a réveillés en hurlant au petit matin. C'est ce que j'ai d'abord cru. Et non seulement je me souviens d'avoir vu une énorme tarentule sur son bras gauche, mais je me souviens de l'avoir vue marcher, se déplacer, lente et sournoise, vers moi. Plusieurs explications de mon erreur me viennent à présent. La première : j'avais passé une très mauvaise nuit après avoir regagné mon lit de camp, suite au coup de massue de Regina, et j'étais encore à moitié endormi (la musique d'instruments à cordes qui résonnait au loin, je ne l'ai entendue que bien plus tard). La deuxième : mes yeux ne s'étaient pas encore ajustés à la lumière qui se déversait par la porte de la tente. La troisième : une illusion d'optique peut arriver à n'importe qui, a fortiori à un enfant de treize ans. La quatrième : il n'y avait pas de raison qu'une personne qui trimballait un serpent rouge dans la poche de son imperméable voit un inconvénient à ce qu'une tarentule noire se promène sur son corps. La cinquième : la dernière chose que je m'attendais à voir ce matin-là, sur un brassard rouge fixé autour du biceps gauche de Samuel Blum, c'était une croix gammée.

J'AI failli ne jamais arriver à Paris.

Nous étions sur le point d'embarquer à Berlin quand la responsable du vol nous a annoncé que l'aéroport allait fermer en raison de vents tempétueux. J'ai jeté un regard dehors à travers la grande baie vitrée. Des vents tempétueux ? Quels vents tempétueux ? Une rumeur a commencé à circuler parmi les passagers, selon laquelle l'aéroport, que ce soit à cause de ces vents tempétueux ou d'un complot capitaliste, ne rouvrirait pas avant le lendemain. Certains sont partis, en colère. D'autres ont changé leur billet. Je suis allé m'asseoir sur un siège libre, résigné et ennuyé de manquer ma table ronde à la Fondation Cartier le soir même, avec la photographe mexicaine Graciela Iturbide. Mais après une attente de près de trois heures, on nous a informés que, les vents ayant faibli ou cessé d'être aussi tempétueux, les opérations de décollage et d'atterrissage étaient autorisées à reprendre, et nous sommes tous montés dans l'avion. Quand nous sommes finalement arrivés à Paris, une heure à peine avant le début de ma rencontre, une représentante assez jeune et confuse de la compagnie aérienne nous a annoncé dans un mauvais anglais qu'aucune de nos valises n'était arrivée, et moi qui me précipitais vers la sortie de l'aéroport avec mon seul sac en cuir pendu à l'épaule, j'imaginais un gigantesque tourbillon, splendide, les emportant toutes dans le ciel grisâtre de Berlin.

Un chauffeur de taxi originaire d'Algérie, plus bavard qu'aimable, comprenant mon inquiétude, a conduit comme un dingue sur l'autoroute puis dans les étroites rues de Paris, avant de me déposer devant l'entrée de la Fondation Cartier, légèrement nauséeux, un peu débraillé, mais à l'heure.

Sur le trottoir, je suis tombé sur Graciela Iturbide et mon ami Alexis Fabry, modérateur de la rencontre et commissaire de la rétrospective consacrée à Graciela dont nous allions célébrer l'inauguration ce soir-là. J'étais surpris de les trouver là, dehors, avant de me rendre compte que Graciela avait une cigarette entre les doigts. Alexis et moi nous sommes pris dans les bras, et j'ai dit à Graciela que j'étais ravi de faire sa connaissance. Puis je me suis excusé auprès d'eux, leur racontant l'histoire de mon retard et expliquant la cause de ma tenue aussi décontractée que froissée. Graciela a souri et, captant parfaitement mon état d'esprit, m'a tendu son paquet blanc et doré de Marlboro pour m'offrir une cigarette, dont la fumée sirupeuse m'a aidé à me sentir mieux, à la fois plus réveillé et plus calme. Tu es très élégant comme ça, Eduardo, m'a glissé Graciela, tenant ma main entre les siennes de la même manière que le faisait jadis ma grand-mère égyptienne, comme si l'une et l'autre, Graciela et ma grand-mère, avaient voulu prendre soin de moi ou me protéger de quelque chose rien qu'avec leurs mains. Nous avons continué de fumer quelques instants encore dans un silence agréable et serein, avant qu'Alexis nous annonce qu'il était temps d'y aller.

La salle était comble. Toutes les chaises étaient occupées, il y avait des gens assis par terre dans les allées et même debout, adossés au mur du fond. Nous sommes montés tous les trois sur l'estrade, avons pris place dans des fauteuils de cuir noir. Après une brève introduction, Alexis nous a posé des questions, à Graciela et à moi, sur nos processus créatifs, sur l'importance de la surprise dans l'art, sur la relation entre les images et les histoires, sur la mémoire et le deuil et la douleur. La conversation avec Graciela était plaisante, fluide, chargée par moments d'émotion. Elle a évoqué la mort de son maître, le photographe Manuel Álvarez Bravo, et la mort de sa fille à l'âge de sept ans ; j'ai évoqué la lente agonie de mon grand-père polonais, comment il délirait et hallucinait dans son lit (il se croyait de nouveau prisonnier à Auschwitz, croyait qu'il y avait une troupe de soldats SS dans sa chambre, attendant de l'emmener à l'aube jusqu'au mur noir si redouté du Bloc 11 pour le fusiller), et de la mort du petit Salomon, le grand frère de mon père (une actrice a lu en français ce passage d'un de mes livres). Au bout d'une heure, Alexis a donné la parole au public, formé d'une infinie succession de visages anonymes que j'avais à peine distingués jusque-là, à cause des projecteurs et des spots qui m'éclairaient de face. Un monsieur a demandé le micro et interrogé Graciela sur les photographies de pierres qu'elle avait réalisées tout spécialement pour cette exposition. Une jeune femme, debout au fond de la salle, m'a posé une question en français sur la nouvelle que j'avais écrite pour le catalogue, et qui s'achevait d'ailleurs sur la mort prématurée et mystérieuse du petit Salomon. Une autre a interrogé Graciela sur sa célèbre image de la femme aux iguanes. Alexis a alors annoncé qu'il nous restait (juste) le temps d'une dernière question, et une femme s'est levée au premier rang, elle a demandé le micro et m'a interrogé, nerveuse, en bafouillant, sur la relation que j'entretenais avec le Guatemala et avec le judaïsme, et avant de lui répondre – une réponse que je sais désormais par cœur –, je suis resté silencieux quelques secondes et j'ai posé une main en visière au-dessus de mes yeux pour bloquer l'intense lumière blanche de tous ces projecteurs.

Regina ?

*

Je me suis réveillé trop tôt, malgré la fatigue et le peu d'heures de sommeil, et suis resté allongé sur le lit, laissant le temps au monde parisien de se réveiller à son tour. La lumière commençait à peine à être lumière. La chambre d'angle avait la forme d'un quadrilatère irrégulier. Le matelas était un peu court et mes pieds nus dépassaient au bout, s'échappant du fin drap blanc. Je suis resté à contempler mes pieds pendant un long moment, immobile, concentré – tandis que d'une main je cherchais et sentais ou croyais sentir la boule dans mon ventre –, et je les contemplais encore quand, tout à coup, j'ai visualisé avec une absolue clarté une petite étiquette beige accrochée à mon gros orteil gauche. Mes pieds étaient les pieds d'un mort. Les pieds d'un cadavre à la morgue et mes yeux les yeux de mon fils regardant les pieds de son père. J'étais mort et couché sur une table métallique à la morgue, recouvert d'un drap blanc à l'exception de mes pieds, ces mêmes pieds qui surgissaient à présent à l'autre extrémité de cet autre drap blanc et dépassaient du matelas. Et mon fils entrait dans la morgue, il s'approchait de la table métallique dont le plateau se trouvait à sa hauteur, regardait la petite étiquette beige puis les pieds pâles et découverts qui dépassaient du bord, et dans ces pieds morts il reconnaissait son père.

Je me suis levé d'un bond, comme pour me débarrasser non seulement du drap blanc mais de ces pensées et de ces images.

J'ai pris une douche au ralenti, avec la

léthargie visqueuse de l'insomnie et, encore nu, j'ai arpenté la chambre, quelque peu indécis, laissant des traces et des taches sombres d'eau sur la vieille moquette couleur terre cuite. J'ai fini par enfiler ma tenue de la veille et, passant sur mon épaule mon sac en cuir rempli de papiers, de livres et de crayons, sans oublier un talisman noir préhistorique (car tout acte littéraire, disait un ami bègue, exige d'avoir un talisman), je suis sorti de la petite chambre du troisième étage puis du petit hôtel de la place de l'Odéon.

L'air de février était immobile, impalpable. Les nuages formaient une unique coupole grise, pesante, et j'ai fait la même marche jusqu'au même café situé dans une rue sombre et peu fréquentée en face du jardin du Luxembourg, à l'intérieur duquel le temps ne semble pas s'écouler. Je n'ai jamais su son nom, et ne m'en suis jamais soucié. Il est trop bruyant. Les chaises en bois sont dures et inconfortables. Il sent la naphtaline. Le café est bon, sans être excellent. Les croissants et les baguettes viennent à coup sûr d'une boulangerie industrielle. Mais quand je suis à Paris, j'aime, autant que possible, descendre dans le même hôtel et sortir tôt le matin de la même chambre d'angle irrégulière du troisième étage, si elle est disponible, pour déjeuner d'un croissant dans ce même café puis rester assis là quelques heures à prendre des expressos en lisant un peu ou en écrivant à la main. Je n'écris jamais à la main et jamais dans les cafés. Mais une fois, il y a des années de cela, lors d'un voyage éclair à Paris, j'ai écrit dans ce petit café, à la main et d'une traite, sur une série de serviettes en papier que j'ai remplies et raturées comme un dément, une scène cruciale sur la mort du petit Salomon. Depuis, quand je suis à Paris, j'aime répéter tous les matins la même routine, par superstition peut-être, ou par gratitude envers le vieux aux cheveux blancs et à la barbe de cosaque qui se trouve toujours derrière le bar et me sert sans le moindre enthousiasme, à moins que ce ne soit dans l'espoir, jusqu'ici inaccompli, que cet accès littéraire et magique, lui aussi, se répète.

Et c'est assis sur cette même chaise, près de la fenêtre par laquelle on aperçoit les barreaux noirs des grilles du jardin du Luxembourg, un croissant médiocre et un expresso encore tiède posés sur la table, que j'ai vu entrer Regina.

*

Je ne sais pas comment j'avais pu reconnaître la veille, après toutes ces années et malgré ma myopie de plus en plus prononcée, son visage dans l'obscurité, au milieu du public. Elle avait commencé à me poser sa question sur la relation que j'entretenais avec le Guatemala et le judaïsme, et j'avais aussitôt su, à son accent, qu'elle était guatémaltèque ; j'avais su aussi, au ton de ses paroles ou plutôt à la texture de ses paroles, qu'elle était juive (cette reconnaissance entre juifs est une chose ineffable, mais aussi flagrante entre juifs que difficile à expliquer à une personne qui ne l'est pas). Puis j'avais distingué son visage dans la pénombre, derrière l'éclat des projecteurs. Vision fugace et floue, comme à travers la pluie. Et si son visage avait beaucoup changé avec les années – il était peut-être moins ferme et plus rond désormais –, le visage pâle et couvert de taches de rousseur de l'adolescente de quatorze ans que j'avais connue était là, lui aussi. C'est comme ça. En dépit des rides, des cicatrices et de la chirurgie, le visage de l'enfant que nous avons été demeure à tout jamais sous le masque de l'adulte que nous sommes.

Après la rencontre, Regina s'était approchée de l'estrade, mais nous n'avions pu nous parler que brièvement pendant que je signais des livres et des catalogues sur une petite table, assis aux côtés de Graciela. Elle m'avait raconté qu'elle vivait depuis de longues années à Paris et qu'elle n'avait pas hésité un instant à venir me saluer en reconnaissant mon nom à l'annonce de cette rencontre. Je lui avais demandé si elle pouvait m'attendre quelques minutes pour que nous puissions discuter plus tranquillement, et elle m'avait répondu qu'elle était désolée, mais qu'elle avait déjà un engagement et devait se sauver. Pourquoi ne pas prendre un verre plus tard, dans ce cas ? lui avais-je proposé au milieu du vacarme. Elle avait semblé y réfléchir une seconde, se livrant à un calcul mathématique impliquant je ne sais quels facteurs, probabilités et chiffres. J'avais profité de cette seconde pour lui dire que j'avais un dîner avec Graciela, Alexis et l'équipe de la Fondation Cartier et que je ne savais pas à quelle heure il se terminerait, mais que nous pourrions tout de même nous retrouver quelque part, après. Désolée, Eduardo, je ne peux pas, m'avait-elle répondu, et à son expression, ou à sa posture, j'avais compris que le calcul mathématique n'avait pas été concluant et qu'elle était sur le point de s'en aller – départ dont, à mon âge, on devine qu'il peut être définitif –, et j'ai eu l'idée de lui proposer de prendre un petit déjeuner le lendemain, de bonne heure, dans un café affreux.

*

Le vieux aux cheveux blancs s'est approché de notre table avec la démarche de qui n'a pas envie d'atteindre sa destination, et il est resté planté là, en silence, bras croisés et l'entre-sourcils plissé, à nous dévisager l'un et l'autre, c'est-à-dire à dévisager chacun de nous avec l'un de ses yeux strabiques. C'est l'impression que cela donnait. Comme s'il avait développé et perfectionné ce strabisme afin de pouvoir surveiller simultanément deux clients. Regina, qui s'était assise et dévidait la longue écharpe de velours lie-de-vin enroulée autour de son cou, a commandé un expresso dans un français dénué d'accent, et le vieux, se plaignant de quelque chose entre ses dents pour le simple plaisir de se plaindre, s'est éloigné d'un pas harassé pour regagner son poste derrière le comptoir. Nous sommes tous deux restés silencieux quelques instants, de part et d'autre de la table, à nous observer et à nous juger réciproquement, et peut-être aussi à juger l'absurde de la situation. Elle portait un pull blanc cassé, délicat, léger, sans doute en laine mérinos. Au poignet droit, un bracelet dont les perles étaient taillées dans une pierre verte, peut-être du jade ; à l'annulaire gauche, un fin anneau de la même pierre verte émaillée d'argent. Ses cheveux étaient à présent d'un noir moins noir, moins dense, avec des reflets gris, et la peau de son visage avait cet éclat qu'acquièrent en hiver les peaux claires jamais maquillées. La lumière, les ombres, les années révolues, lui donnaient tantôt cinquante ans, tantôt quatorze.

Tu es surpris de me voir ? a-t-elle demandé avec un sourire malicieux, et j'ai répondu oui, un peu.

La veille au soir, Regina m'avait dit qu'elle ne pourrait pas venir, qu'elle avait une réunion de travail en début de matinée. Je lui avais quand même expliqué où se trouvait le petit café, au cas où.

Un homme, à demi voûté au-dessus du comptoir, nous observait sans la moindre discrétion. Il portait un bleu de plombier ou de maçon et remuait les lèvres sans rien dire, plus comme un spasme nerveux que pour prononcer des mots. Il avait l'air fâché, peut-être à cause de son regard fixe et implacable, de son front plissé de manière permanente. Malgré l'heure matinale, il tenait un verre de cognac dans sa grosse main maculée de cambouis. Ses doigts, ai-je pu noter de loin, avaient une teinte ambrée, conséquence sans doute d'on ne sait combien d'années à fumer des cigarettes sans filtre. En face de lui, c'est-à-dire sur le mur derrière le comptoir, étaient punaisées dix ou douze cartes anciennes de Paris, de diverses époques, tailles et couleurs, certaines en très mauvais état, d'autres mieux conservées, mais toutes avec une fléchette ou une épingle rouge plantée au même endroit, sur la même intersection en face du jardin du Luxembourg, certainement celle où se trouvait désormais ce café. Vous êtes ici, en rouge, comme pour permettre à n'importe quel client égaré de se repérer.

J'ai cru que tu ne viendrais pas, ai-je dit à Regina. Elle a laissé échapper un soupir qui m'a paru bien plus qu'un soupir et, se tournant vers la rue, m'a dit que son bureau se trouvait à deux pas de là, de l'autre côté du parc, et qu'elle était venue à vélo. Je lui ai demandé ce qu'elle faisait dans la vie et elle allait me répondre quand le vieux s'est approché et a déposé sur la table un autre expresso et un petit verre d'eau trop rempli. Elle l'a remercié d'un murmure à peine audible, a porté la petite tasse blanche à ses lèvres, et un frisson m'a parcouru en reconnaissant sa main. Une main que je croyais avoir totalement oubliée. J'en reconnaissais la forme. Ses doigts longs et fins. Les taches de rousseur quasi invisibles sur le dessus. L'arrondi et la teinte rosée de ses ongles. Sans le savoir, j'avais conservé des années durant le souvenir de cette main, tout proche mais enfoui dans quelque renfoncement de ma mémoire, n'attendant que d'être déterré et épousseté à l'instant où Regina soulèverait une tasse à café blanche. J'ai pensé le lui dire, lui faire part de ma surprise et de mon émoi en reconnaissant une main que j'avais à peine entrevue tant d'années en arrière. Mais j'ai jugé la chose inappropriée, ou estimé qu'elle ne me croirait pas, de sorte que je me suis contenté d'observer son visage et ses mains, en me demandant si les images que nous voyons dans notre enfance ne sont pas entreposées à part dans une chambre forte de notre mémoire, une chambre secrète, une chambre protégée à tout jamais du passage du temps. Et je me suis demandé combien de souvenirs de mon enfance je gardais encore à l'intérieur, dans cette chambre secrète, oubliés en apparence, n'attendant que leur tasse à café en porcelaine blanche.

Je suis avocate, m'a dit Regina, en buvant une autre gorgée. Elle m'a raconté qu'elle aussi avait dû quitter le Guatemala, à l'adolescence. Je lui ai demandé pourquoi, et Regina s'est contentée d'un mouvement de tête qui pouvait signifier quelque chose ou ne rien signifier du tout, elle m'a dit qu'elle avait achevé ses études secondaires à Londres puis étudié le droit international à Genève, avant d'entamer sa carrière professionnelle à Bruxelles, où elle avait rencontré le père de ses filles, un avocat parisien nommé Brodsky. Elle s'appelait désormais Regina Brodsky, m'a-t-elle dit, et avait vécu et travaillé la moitié de sa vie ici, à Paris.

*

Regina avait quinze ans quand, un après-midi, elle accompagna sa mère au supermarché La Sevillana, sur l'avenue Reforma de la capitale guatémaltèque. À peine entrée, elle dit à sa mère qu'elle allait regarder les crèmes pour les mains. Sa mère lui répondit de se dépêcher, puis l'attendit au rayon fruits et légumes. Au bout de dix minutes, elle partit à sa recherche et ne la trouvant ni dans l'allée des crèmes pour les mains, ni dans aucun autre rayon de La Sevillana, elle sut, même si elle serait par la suite incapable d'expliquer comment, que sa fille avait été victime d'un enlèvement.

Elle finit par trouver le gérant. Morte d'inquiétude, au bord des larmes, elle le supplia de fermer toutes les portes du supermarché, au cas où les ravisseurs se trouveraient encore à l'intérieur. Le gérant, sceptique, refusa. La mère de Regina lui hurla que s'ils ne verrouillaient pas toutes les portes, l'entrée principale comme les portes de service, ils seraient complices et responsables de l'enlèvement de sa fille. Quelques clients, des femmes âgées pour l'essentiel, conscientes de l'urgence de la situation, avaient exigé à leur tour que le gérant vienne en aide à la dame, jusqu'à ce que celui-ci cède enfin et ordonne à ses employés de verrouiller toutes les issues. Les employés et quelques clients se mirent à chercher Regina, à crier son nom dans les allées et les différents rayons du supermarché. Il s'était écoulé à peine cinq minutes, cinq minutes qui avaient pourtant duré des heures dans le souvenir de la mère de Regina, quand une caissière un peu ronde arriva en courant pour lui dire qu'il y avait une jeune fille évanouie dans les toilettes.

La mère de Regina poussa un soupir de soulagement et emboîta le pas de la caissière, un peu honteuse du scandale qu'elle avait causé. Sa paranoïa, qui était tout sauf injustifiée, lui parut presque risible. Elle se dit que sa fille avait simplement eu besoin de se rendre aux toilettes et que, pour une raison quelconque, un virus peut-être, ou un mauvais régime alimentaire, la pauvre s'était évanouie.

La caissière ouvrit la porte des toilettes, les deux femmes entrèrent, et le cœur de la mère de Regina se serra quand elle s'aperçut que l'adolescente effondrée sur le carrelage n'était pas sa fille.

Elle était sur le point de l'annoncer à la caissière, ou même de le lui reprocher, comme si la caissière était coupable non seulement de ce faux espoir mais de toute cette situation, quand elle reconnut la forme du nez, rebiquant légèrement, puis les petits pieds déchaussés sur le carrelage, et comprit que la jeune fille inconsciente était bel et bien Regina. Sauf qu'elle portait à présent une autre tenue (une minijupe rouge que sa fille n'aurait jamais mise), trop de rouge à lèvres (sa fille ne se maquillait jamais), et que quelqu'un venait de lui raser les cheveux.

*

Deux jeunes adolescents sont entrés dans le café, sac au dos, habillés à l'identique. Ils se sont assis à la table d'à côté et, comme s'il s'agissait d'une tradition répétée chaque matin, le vieux aux cheveux blancs leur a apporté deux croissants et deux énormes tasses de chocolat chaud.

Nous avions à peu près leur âge quand nous nous sommes rencontrés au camp, ai-je soufflé à Regina en désignant les deux jeunes d'un coup de menton. Non, Eduardo, nous étions un peu plus grands, a-t-elle répondu avec trop de nostalgie dans la voix. Ses yeux se sont tournés vers moi. Et puis, a-t-elle ajouté, nous nous étions rencontrés avant. Comment ça, avant ? ai-je demandé, incrédule. Avant le camp ? Regina a secoué la tête. Tu ne te rappelles pas ? m'a-t-elle réprimandé. Nous nous étions croisés à la mer l'été précédent, dans la maison de vacances de tes cousins. Vraiment ? Vraiment, s'est-elle moquée. Tu ne m'avais pas remarquée, mais moi si.

Aussitôt, les pièces du puzzle ont commencé à s'assembler.

C'est pour ça que tu as demandé à monter la garde avec moi ?

Regina a souri.

Mais toi, monsieur Halfon, tu ne daignais même pas m'adresser la parole.

J'ai bu une gorgée d'expresso – qui a déclenché, comme d'habitude, une pointe de douleur au creux de mon estomac –, puis, avec la joie débridée d'un enfant de treize ans, je lui ai raconté la liste de questions dans ma poche, et Regina m'a expliqué que l'instructrice complice chargée de fixer les tours de garde était la meilleure amie de sa grande sœur. Et je lui ai rappelé le livre qui ne la quittait pas (*Franny et Zooey*, de Salinger, m'a-t-elle dit, pour pratiquer son anglais), et Regina, à son tour, m'a rappelé que j'avais catégoriquement refusé de danser avec elle lors d'une activité de danses folkloriques (rikudim, en hébreu). Je lui ai donné le nom de deux des positions qu'on nous avait enseignées pour faire nos besoins dans la nature (l'orang-outan et le crabe), et Regina m'en a donné deux autres (le skieur et le double skieur). Je lui ai rappelé le tennisman mexicain et sa petite amie qui s'embrassaient et se tripotaient derrière le premier arbre ou la première tente venus, et Regina m'a dit que, comme cela était habituel et même exigé par les familles, plusieurs futurs mariages avaient vu le jour lors de ce camp. Je lui ai raconté le livret qu'un membre de mon groupe avait trouvé ou dérobé, avec l'illustration d'une femme capturée et ligotée par trois soldats vêtus de vert, et l'autre image du curé en train d'être interrogé et peut-être torturé, et Regina m'a répondu que ce livret, d'après ce que je lui décrivais, était sans doute un manuel d'alphabétisation et d'embrigadement conçu par la guérilla pendant ces années-là et qu'il devait appartenir à l'un des jeunes Mayas qui aidaient et faisaient le ménage dans le campement (et que, jusqu'à ce qu'elle les évoque, j'avais totalement oubliés, mais il y avait bien eu cinq ou six enfants dès le début, dès Santa Apolonia, qui avaient porté les tentes, les lits de camp et tous nos vivres à travers la montagne ; l'un d'eux s'appelait Caliche, un jeune de mon âge aux yeux noirs et au teint très sombre, à qui il manquait un bras, carence dont il semblait peu se soucier). J'ai parlé à Regina de la femme nue qui saignait, celle que j'avais vue se baigner une nuit dans le ruisseau, et elle m'a expliqué que les instructrices les plus pieuses utilisaient ce ruisseau, les nuits où elles avaient leurs règles, comme bain de purification (mikve, en hébreu). Je lui ai avoué mon euphorie en sentant nos genoux se frôler pendant toute une heure, et elle m'a répondu qu'elle ne s'en était même pas rendu compte.

Les deux enfants, qui devaient être frères, avaient terminé leur croissant et leur chocolat chaud et, après avoir pris congé du vieux qui devait être leur grand-père, ils sont sortis en courant du café.

Regina a pivoté sur elle-même pour attraper son sac pendu au dossier de la chaise, elle a plongé la main dedans et, à ma grande surprise, en a sorti un paquet de Gitanes qu'elle a posé sur la table. Un petit paquet bleu, presque carré, sur le devant duquel était esquissée la silhouette délicate d'une femme en train de danser. Tu fumes ? lui ai-je demandé. Parfois, m'a-t-elle répondu avec une expression stoïque ou résignée. Moins, a-t-elle dit, depuis qu'on n'a plus le droit de fumer dans les restaurants et les cafés. Mais le simple fait d'en tenir une me détend, a-t-elle ajouté, la cigarette couleur jaune d'œuf – faite, m'expliquerait-elle ensuite, avec du papier de maïs – s'agitant entre ses doigts. Pourquoi ? Tu n'es pas détendue ici, avec moi ? lui ai-je demandé avec un peu d'espièglerie, mais elle a eu un sourire furtif, puis un geste moqueur et m'a dit, Alors, monsieur Halfon, si tu me parlais de toi ?

Elle s'est redressée contre le dossier de sa chaise, les bras serrés sur la poitrine comme si elle avait froid, et m'a posé des questions sur ma famille, sur mon fils, sur mes études, sur mes livres, sur cette soi-disant relation de fuite – d'après ma réponse de la veille au soir – que j'entretiens encore avec mon pays d'origine et le judaïsme. C'est une réponse qui tient à la fois de la plaisanterie et du tragique, lui ai-je dit. Une réponse que je ressors depuis ce jour où un journaliste espagnol m'a interrogé sur les livres non lus qui avaient le plus influencé mon travail d'écrivain. Les yeux de Regina étaient à présent plus petits, plissés, comme si elle s'efforçait de localiser dans l'air cette question si insolite, que je lui ai donc répétée. Les livres que je n'avais jamais lus, m'avait demandé le journaliste espagnol, mais qui avaient influencé mon travail d'écrivain. Question ridicule et géniale à la fois, ai-je dit à Regina. Assis devant ce journaliste espagnol, la réponse m'était venue tout de suite. J'ai bu une gorgée amère de café et l'ai savourée plus de temps que nécessaire, de manière purement théâtrale. La Torah et le Popol-Vuh, ai-je expliqué à Regina. Bien que je ne les aie jamais lus, aucun autre livre ne m'a plus marqué que ces deux-là, comme homme et comme écrivain. C'est que je n'ai pas besoin de les lire, ai-je ajouté, je les porte en moi depuis toujours, écrits quelque part tout au fond. Le livre des juifs et le livre des Guatémaltèques, si l'on m'autorise cette simplification, et si l'on peut qualifier de livres ces deux œuvres monumentales qui représentent et définissent les deux piliers sur lesquels est construite ma maison. Une maison que depuis l'enfance, pour une raison que j'ignore, j'ai toujours eu besoin de détruire ou du moins d'abandonner. Je ne sais pas pourquoi, lui ai-je dit. Ça a toujours été comme ça. J'ai toujours senti que quelque chose m'obligeait à m'échapper et à disparaître. J'ai passé toute une vie à m'enfuir de ma maison.

Bondissant presque, Regina s'est penchée en avant, peut-être afin que me parvienne plus vite ce qu'elle s'apprêtait à dire.

D'un autre côté, Eduardo, cette maison, tu la cherches constamment, non ? Ce lieu que tu as fui ou dont tu t'es échappé, tu as besoin d'y retourner, non ?

Elle était encore tout près de moi, coudes posés sur la table, les mains entrelacées comme dans une prière. Je suis resté à contempler ces mains si fines et si familières : il y avait là, dans le bout de ses doigts, toute une biographie de caresses tendres, de caresses compatissantes, de caresses érotiques, de caresses de mère qui cajole et qui réconforte. Et, pensant toujours à ce lieu que j'avais fui ou dont je m'étais échappé, je lui ai dit :

Entrée interdite aux chiens et aux juifs.

*

Mon père a garé sa Datsun 280 rouge sous un palmier énorme, solitaire, perdu au milieu du parking et de la capitale. Mon frère, qui n'en pouvait plus d'être coincé sur l'étroite banquette arrière, n'arrêtait pas de me pousser avec ses pieds, si bien que j'ai ouvert la portière et que je suis descendu de voiture.

C'était un dimanche matin, très tôt. Mon père était déjà derrière la Datsun, en train de sortir les affaires du coffre. Allons-y, nous a-t-il annoncé après l'avoir refermé, et nous nous sommes mis à marcher tous les trois en silence vers l'entrée, mon frère d'un côté de mon père et moi de l'autre. Les seuls bruits en cette heure matinale étaient les piaillements assourdissants d'une bande de perruches dans le palmier et le crissement métallique des chaussures de mon père sur l'argile sèche et caillouteuse. Sans m'en rendre compte, je me suis mis à marcher plus vite, si ce n'est à courir, mais mon père m'a crié quelque chose, et j'ai dû m'arrêter pour les attendre. J'étais tout excité. C'était la première fois que je venais là. La première fois que mon père nous emmenait avec lui. Nous avons continué de marcher tous les trois, et mis une éternité à traverser le parking, mais dans l'ultime ligne droite menant à la porte d'entrée, sur l'étroite allée asphaltée, c'est mon père qui a soudain accéléré le pas (du moins est-ce le souvenir que j'en garde, comme s'il fuyait quelque chose ou plutôt fuyait vers quelque chose). J'étais resté deux ou trois pas derrière, seul, immobile sur le sentier d'asphalte, les yeux baissés. Allez, m'a ordonné mon père d'un ton trop ferme, me tenant la porte et m'attendant pour entrer. Allez, lui a fait écho mon frère, à son côté. Je les ai ignorés. Il n'y avait pas longtemps que j'avais appris à lire les lettres majuscules, et je m'arrêtais encore devant le moindre écriteau ou la moindre pancarte afin de m'exercer. Mon père m'a de nouveau crié quelque chose mais j'ai continué de déchiffrer les grandes lettres noires sur le fond blanc d'un écriteau planté sur la pelouse, juste au bord de l'allée asphaltée, jusqu'à ce qu'enfin, je parvienne à lire la phrase complète : Entrée interdite aux chiens et aux juifs.

Je me suis retourné vers mon père pour l'appeler à l'aide, mais il m'a dit que ce n'était rien, il s'est saisi de ma main et m'a traîné de force, et nous sommes entrés tous les trois là où l'on nous interdisait d'entrer.

*

Regina avait les yeux entrouverts, comme si elle n'arrivait pas tout à fait à voir, ou à faire le point sur les sept mots noirs que je venais de suspendre entre nous.

C'est ce qu'annonçait un écriteau planté à l'entrée du club de golf de la capitale, lui ai-je expliqué, et Regina, incrédule ou surprise, a plissé encore plus les yeux. J'étais tout petit, ai-je continué, mais je m'en souviens très bien. Je l'ai vu un dimanche matin avec mon père et mon frère.

Voilà ce que j'ai dit à Regina, mais la vérité,

c'est qu'aujourd'hui j'ai du mal à croire que je l'aie vraiment vu. Il m'est difficile d'accepter que cet écriteau ait pu encore être exposé dans un lieu public au mitan des années 1970. Peut-être que je ne l'ai jamais vu un dimanche matin avec mon père et mon frère et que j'ai simplement conservé l'image de cet écriteau, créée dans mon imagination à partir de la voix de mon père. C'est peut-être mon père qui me l'a raconté et décrit, qui l'a déposé dans le coffre-fort secret au fond de ma mémoire. Je lui en ai parlé il n'y a pas longtemps et il m'a répondu, presque fâché, qu'il ne se souvenait de rien. Il ne se rappelait pas être allé avec nous au club un dimanche matin, ne se rappelait pas m'avoir parlé de cet écriteau, ni d'ailleurs qu'un quelconque écriteau ait jamais été planté dans la pelouse du club de golf. M'en souviendrais-je mieux que mon père, alors ? Ou bien mon esprit d'enfant s'est-il inventé toute une scène – depuis la voiture rouge flamme jusqu'au crissement des talons métalliques sur l'argile caillouteuse et aux cris hystériques d'une bande de perruches – à partir de la simple idée d'un écriteau ? Cet écriteau n'aurait-il existé que dans mon esprit ? L'imagination est-elle audacieuse et capricieuse au point d'inventer un souvenir puis de le convertir en une chose que nous percevons comme réelle ? Peu importe au fond. Cet écriteau a existé. Je l'ai vu ou l'ai imaginé, ce qui pour un enfant est du pareil au même.

C'était un petit écriteau, ai-je continué d'expliquer à Regina, en céramique ou en ciment, avec des lettres majuscules noires sur fond blanc, fiché dans la pelouse irréprochablement verte et soignée de l'entrée du club de golf, qui en interdisait l'accès aux chiens comme aux juifs. J'ai lu cet écriteau (ou j'ai eu vent de son existence) et, dans mon esprit d'enfant, j'ai tout de suite compris une chose : pour les membres de ce club, ai-je dit à Regina, pour mes compatriotes guatémaltèques, il n'y avait aucune différence entre un chien et moi.

Regina secouait la tête, peut-être sans même s'en rendre compte, ou imaginant elle aussi l'écriteau fiché dans la pelouse, au milieu d'une procession de golfeurs blonds antisémites.

Je n'en avais jamais entendu parler, a-t-elle dit au bout de quelques secondes.

Peut-être parce que ton père ne jouait pas au golf.

Non, effectivement.

Je devais avoir cinq ou six ans quand j'ai découvert cet écriteau, lui ai-je dit (sans lui préciser que je ne savais pas si je l'avais vu avec mon père et mon frère un dimanche matin, ou si mon père me l'avait décrit un jour dont lui-même ne se souvenait pas). Et je n'ai jamais pu l'oublier, Regina. Ce n'est pas tant l'écriteau en soi que la sensation de rupture qu'il a provoquée en moi. À partir de là, à partir de cette phrase et de ce moment, mes deux mondes, le juif et le guatémaltèque, se sont séparés à tout jamais.

Ce qui était, Eduardo, précisément l'intention de ceux qui ont décidé d'installer là cet écriteau. Te séparer d'eux. T'éloigner. Te présenter comme quelque chose d'inhumain et de sale, comme un animal. C'est une stratégie qui a toujours été très claire pour les Allemands. Souviens-toi de la fameuse phrase écrite par l'historien Heinrich von Treitschke dans un article universitaire en 1879, et qui un demi-siècle plus tard a été adoptée et répandue par les Nazis. Die Juden sind unser Unglück, a énoncé Regina dans un allemand impeccable. Les juifs sont notre malheur, a-t-elle traduit. Un slogan partout présent dans ces années-là, sur des pancartes et des autocollants, sur les caricatures antisémites, et même imprimé chaque semaine en bas de la couverture du journal de propagande *Der Stürmer*.

Après un silence, Regina a pointé sur moi sa cigarette de maïs.

Et souviens-toi aussi, a-t-elle dit, sa cigarette toujours pointée sur moi, des déclarations de Himmler. Se débarrasser des juifs, disait Himmler, était la même chose que se débarrasser des poux. L'antisémitisme allemand, disait-il, n'a jamais été une question d'idéologie mais de propreté.

Regina a poussé un profond soupir, comme quelqu'un que ce genre d'écriteaux et d'injures n'étonne plus, et il m'est soudain revenu qu'un jour je m'étais aussi appelé Israel.

Il y a des années, lui ai-je dit, avant notre départ du Guatemala, un enfant de ma classe s'est mis à appeler Israel les rares garçons juifs de l'école, et Sara les rares filles juives. Pour cet enfant guatémaltèque de dix ans, je n'étais pas Eduardo, mais Israel.

Regina a porté sa cigarette à ses lèvres et a semblé agacée de constater qu'elle n'était pas allumée.

J'étais très jeune, ai-je poursuivi, et j'avais conscience qu'il s'agissait d'une blague antisémite, même si je ne la saisissais pas tout à fait. J'ai mis des années à comprendre que cet enfant l'avait empruntée aux Allemands. C'est que cette même pratique avait été une loi dans l'Allemagne nazie : attribuer officiellement les prénoms Israel et Sara à tous les juifs et à toutes les juives qui n'avaient pas un prénom typiquement juif (il existait une liste des prénoms autorisés). Israel et Sara, ai-je répété. Un peuple entier réduit à deux prénoms.

Bien sûr, a-t-elle répondu, la seconde ordonnance portant application de la loi sur les changements apportés aux noms de famille et aux prénoms, instaurée en 1938. L'enfant dans ta classe avait dû l'apprendre de son père.

C'est possible, oui. De son père golfeur.

*

Le garçon s'appelait Franz Peter. Ou peut-être Peter Franz. Quoi qu'il en soit, il était beaucoup plus grand et corpulent que moi, et avait les cheveux si blancs et la peau si pâle que parfois, au soleil, il donnait l'impression de souffrir d'albinisme. Il vivait à quelques rues de chez moi ; nous prenions le même bus pour aller à l'école. Un après-midi, nous nous sommes croisés dans la rue, à vélo tous les deux, et Franz m'a demandé si je voulais venir voir sa collection de magazines. Il habitait juste à côté (je n'étais allé qu'une fois chez lui, pour une fête d'anniversaire, à l'issue de laquelle tous les enfants avaient reçu, en guise de cadeau surprise, un poussin vivant). Nous sommes entrés dans la maison après avoir lâché nos vélos sur la pelouse, et en grimpant l'immense escalier ostentatoire où trônait un crucifix ancien d'argent et de bois, je me suis senti comme un intrus.

Franz a fermé à clé la porte de sa chambre. Il s'est agenouillé, a tendu le bras sous son lit et en a retiré un vieux scaphandre d'apiculteur; je ne me rappelle plus, ou bien ne me l'a-t-il jamais expliqué, d'où il le tenait (il avait dû le voler). Puis, le scaphandre blanc enfoncé sur sa tête, il a de nouveau glissé la main sous le lit, a sorti un carton fragile et entrepris de me montrer ses magazines. Des revues de football, pour l'essentiel, mais aussi deux ou trois revues de comics et une publication plus scientifique avec des photos de femmes nues appartenant à je ne sais quelle tribu d'Amazonie. Et puis, Franz a plongé la main dans le carton pour attraper une revue plus fine et de taille plus modeste, une demi-feuille A4 peut-être, avec une couverture crème et des caractères noirs, les autres pages attachées de manière rustique avec du fil de laine, et il s'est mis à me parler de ce pamphlet qu'il serrait dans ses mains comme un trésor. Au ton de sa voix, à présent plus aiguë et plus excitée, j'ai tout de suite compris que le vieux pamphlet interdit était la principale raison pour laquelle il m'avait invité chez lui. Franz, toujours déguisé en apiculteur, poursuivait son discours – quelque chose au sujet de son grand-père et de son père – et moi, je continuais d'essayer de déchiffrer l'illustration de la couverture. Il y avait au centre un mot composé d'à peine trois lettres noires, épaisses, disposées au milieu d'un quadrilatère imparfait, un genre de trapèze dont les côtés étaient également noirs. Ce mot n'avait aucun sens pour moi. Pax, semblait-il dire, mais ce n'était pas ça non plus. J'ai mis quelques instants à finalement saisir qu'une des lettres, la troisième, n'était pas une lettre mais un symbole ; et que la partie inférieure de la couverture, juste sous le quadrilatère noir imparfait, ne contenait qu'une seule phrase courte, en majuscules plus petites. Paz – paix, en espagnol – s'écrit avec une croix gammée, proclamait-elle.

*

J'avais oublié ce pamphlet, et j'avais oublié aussi cet après-midi dans la maison de l'apiculteur Franz Peter ou Peter Franz, jusqu'à il y a quelques années. Lors d'un séjour à La Nouvelle-Orléans, une professeure de l'université Tulane m'a invité à visiter l'une des bibliothèques du campus, la Howard-Tilton Memorial Library, dont le quatrième niveau accueille une importante collection de livres et documents historiques latino-américains. Au bout de deux heures à fureter sans but précis, joyeusement perdus, nous sommes tombés sur une liasse de revues publiées au Guatemala en 1939 par le Service d'information officiel de la légation allemande. Parmi elles se trouvait ce même pamphlet, noué lâchement avec un fil de laine. Et la même croix gammée noire remplaçant le z de Paz.

*

Regina, bien que souriant toujours, me dévisageait maintenant avec une sévérité qui ressemblait à un reproche.

Dis-moi, monsieur Halfon, il y a quelque chose qui m'échappe.

Sa voix s'est faite plus insolente.

À supposer que tu n'aies effectivement pas lu les deux livres de tes deux mondes, a-t-elle dit, ce que j'ai du mal à croire tout à fait – là, Regina a marqué un temps d'arrêt et je l'ai gratifiée d'un clin d'œil –, je ne comprends pas pourquoi tu t'obstines à ne pas le faire. Pourquoi tant d'obstination ? Pourquoi ne pas les lire maintenant, a-t-elle dit d'un ton inquisiteur, mais je me suis contenté de hausser les épaules, de secouer la tête, et me suis senti comme un enfant qui refuse de goûter une seule bouchée. De quoi as-tu peur ? m'a-t-elle demandé. Que crois-tu qu'il t'arrivera si tu finis par les lire ? Très sérieux, je lui ai répondu que j'exploserais à coup sûr.

Regina a eu un rire doux et insonore puis s'est redressée sur sa chaise, et nous sommes restés tous deux silencieux, et j'ai remarqué avec délice, pendant ce bref interlude, que chaque fois qu'elle portait la cigarette jaune d'œuf à ses lèvres, elle aspirait et expirait un nuage de fumée imaginaire et théâtral.

Combien de temps restes-tu à Paris ? m'a-t-elle demandé à voix basse, et je lui ai répondu que j'avais un vol le lendemain pour Berlin, où je vivais. Elle a ouvert légèrement la bouche, sur le point de me poser une autre question, peut-être indiscrète ou déplacée, puis l'a refermée, sans plus rien me demander.

J'ai relevé la tête. Le café était presque désert. Il ne restait plus que le vieux aux cheveux blancs et le maçon ou plombier, toujours fâché et debout au comptoir, remuant et réchauffant dans sa paume un autre cognac, même si, maintenant, il observait Regina. Ou plus précisément, il observait avec une attention extrême la cigarette dans la main de Regina. Alors l'idée m'a traversé l'esprit que d'un instant à l'autre, il allait s'approcher d'elle pour lui flanquer une gifle de sa grosse main graisseuse.

En un geste vain mais chargé de sens, j'ai empoigné ma tasse blanche désormais vide et l'ai portée à mes lèvres, et Regina, en guise de réponse, ai-je supposé, a consulté sa montre.

Tu dois aller à ton cabinet ? lui ai-je demandé, et elle a semblé se livrer de nouveau à ce calcul mathématique impliquant je ne sais quelles additions et soustractions.

Non, a-t-elle fini par répondre en recrachant une bouffée de fumée fictive. Et toi, Eduardo ? Tu as quelque chose à faire ?

Non plus, ai-je menti.

J'ai levé la main pour commander deux autres expressos au vieux aux cheveux blancs. Pendant que nous attendions, j'ai demandé à Regina quel genre d'avocate elle était et elle m'a donné une réponse longue et alambiquée que je n'ai pas très bien saisie, peut-être parce qu'elle n'a pas su, ou voulu, m'expliquer précisément. C'est une réponse de juriste, lui ai-je dit avec une pointe de mauvais esprit, puis j'ai insisté et alors, s'efforçant de résumer la chose par des phrases courtes et directes, elle m'a dit qu'elle travaillait pour une ONG. Avec des enfants de réfugiés et des enfants de survivants. Autour du traumatisme, a-t-elle ajouté, des enfants et petits-enfants des guerres. Puis elle a pris une grande inspiration, comme si elle avait besoin de plus d'oxygène pour pouvoir continuer. Nachkriegskinder, a-t-elle dit en expirant. Les enfants de l'après-guerre, a-t-elle traduit de l'allemand. Car une guerre, a-t-elle ajouté, ne finit jamais.

Regina a gardé le silence quelques secondes, laissant résonner les ondes sonores de ses dernières phrases parmi les bruits et les murmures du petit café.

Je me souviens de la musique, a-t-elle soufflé d'une voix presque enfantine, presque apeurée.

UN quatuor à cordes résonnait dans la forêt.

Nous avancions au ralenti, tous en file indienne, à peine conscients de la musique qui jaillissait d'une vieille enceinte, vers une petite table posée à côté du poteau métallique. Notre drapeau, pour la première fois, n'était pas là. Dans la brume du petit matin, nous avons vu qu'il avait été remplacé par un drapeau rouge avec un cercle blanc et une croix gammée noire.

Certains garçons étaient encore en pyjama et certaines filles en chemise de nuit. D'autres, bien que rhabillés, n'avaient pas eu le temps d'attraper leur manteau ou leur imperméable et grelottaient dans le froid matinal. Et quelques-uns allaient pieds nus ou en chaussettes. Par chance, en rentrant à la tente, je m'étais endormi sans ôter mes bottes ni mon manteau.

Les instructeurs, à présent tous en tenue

militaire, avec des uniformes noirs, des brassards rouges et d'énormes tarentules (je les verrais à tout jamais comme des tarentules), nous menaçaient avec des bâtons et des matraques, en nous hurlant des ordres dans un mélange d'espagnol et d'allemand.

Mon frère et moi avons fini par atteindre la petite table en bois. Chacun son tour, nous a lancé un soldat assis, qui prenait des notes dans un carnet sans jamais relever les yeux. Mon frère a reculé d'un pas et attendu son tour. Alors, le soldat m'a demandé mon nom complet et mon âge. Il a écrit quelque chose dans le carnet et m'a dit à gauche.

On envoyait à gauche les garçons les plus âgés, qui devaient rester debout, et à droite les filles les plus âgées, qui devaient rester debout elles aussi. Entre les deux étaient assis les plus petits, certains pleurant sans bruit, d'autres sanglotant, d'autres avaient les traits livides, l'air ahuri. Une fillette de cinq ou six ans était allongée sur l'herbe. J'ai supposé qu'elle dormait. Mais il y avait encore un autre groupe. Une dizaine de garçons et filles que les soldats avaient rassemblés à l'écart, et qu'ils obligeaient à présent, à force de cris et de coups, à danser au rythme de la musique du quatuor à cordes. Un tout petit garçon et une très grande fille dansaient face à face, mais sans se toucher et sans même se regarder. Deux filles, qui semblaient être sœurs, dansaient également face à face en se tenant les mains. Deux autres dansaient comme un couple de tango, une main passée autour de la taille de leur partenaire, l'autre levée bien haut. Pas un des dix enfants ne bougeait au rythme de la musique. Pas un ne souriait.

Le processus de sélection a été bientôt terminé, la musique du quatuor à cordes s'est tue, des soldats ont emmené tous les petits et, sans eux, la matinée m'a paru encore plus glacée.

*

Personne ne savait quoi faire. Personne ne comprenait ce qui se passait. Nous avons attendu là un bon moment, à échanger des regards, jusqu'à ce qu'on nous crie après et qu'on nous bouscule pour nous réunir à nouveau et nous répartir par files de cinq.

Une voix a hurlé : Silence. Une autre : Appell, Juden.

Comptage, avons-nous fini par comprendre, et chaque enfant a déclamé un numéro à voix haute.

Puis ils nous ont ordonné de former une seule longue ligne – à exactement un mètre l'un de l'autre, le regard bien en face –, la même voix a hurlé Appell, Juden et, de nouveau, nous avons déclamé un numéro à voix haute.

Mon frère, qui se trouvait à ma droite, a soudain tourné la tête vers moi, s'est penché un peu et, d'un filet de mots chargés de peur, à peine audibles pour quiconque n'était pas son frère, m'a demandé en anglais si nous étions en train de rêver. Je ne lui ai pas répondu. Je ne connaissais pas la réponse.

Loin, à l'autre bout de la ligne, Regina m'a rendu un regard plus abattu que contrarié, un regard bouffi, fugace, qui s'est baissé dès qu'elle a entendu les cris d'un soldat en train de remonter la file.

Le soldat tenait dans ses mains un grand sac ouvert, qui ressemblait davantage à une taie d'oreiller, et criait aux enfants d'y jeter leurs montres, leurs chaînes, leurs boucles d'oreilles et tout objet de valeur qu'ils portaient ce jour-là ou gardaient au fond de leurs poches. J'ai dégrafé ma montre digitale, sorti l'appareil photo de la poche de mon manteau, et je les ai jetés dans le sac (je craignais, j'ignore pourquoi, de ne plus jamais les revoir). Mon frère serrait dans ses mains sa chaîne en or avec le pendentif en forme d'étoile de David qu'on lui avait offert quelques mois plus tôt pour son anniversaire, il m'a interrogé du regard, je lui ai fait oui de la tête et il a jeté la chaîne dans le grand sac.

Sur notre gauche, une petite fille à l'allure d'épouvantail refusait de donner une bague. C'était la bague de sa grand-mère, répétait la gamine. Une bague en argent qu'elle avait héritée de sa grand-mère.

Une femme soldat s'est approchée, a tordu la main de la petite fille et l'a traînée sur vingt pas, jusqu'à ce qu'elles atteignent une série de carrés blancs tracés au sol avec du plâtre ou de la chaux, telles les cases d'une marelle, mesurant à peu près un mètre sur un mètre.

Alors, la fillette épouvantail a retiré sa bague et, après l'avoir remise à la femme soldat, elle est entrée dans une case de chaux comme si elle entrait dans une cellule et elle est restée enfermée là, debout, en pleurs.

*

Deux soldats remontaient à présent le rang. Ils nous sommaient d'enlever nos imperméables et nos manteaux, ainsi que les foulards blanc et bleu ciel que nous portions noués autour du cou, et de les empiler en un seul tas. Au milieu du tas étincelait déjà un bout de tissu vert fluo.

*

Un soldat a crié : Quatre pattes ! Personne n'a compris, et il a dû réitérer son ordre. Tout le monde à quatre pattes. Cette fois, nous avons compris, nous nous sommes mis à genoux et avons posé les mains par terre, et le soldat a attendu, les bras croisés, que le silence se fasse. Rampez, a-t-il crié, et nous nous sommes mis à ramper à quatre pattes dans la clairière, sans but précis et sans jamais nous arrêter, une seule masse d'enfants rampant à quatre pattes dans une clairière en pleine forêt, jusqu'à ce que le soldat, d'un ton plein de lassitude ou d'ennui, nous dise que cela suffisait, que nous pouvions nous relever et regagner chacun notre place dans la file.

*

Une soldate nous a ordonné d'ouvrir la bouche. Elle tenait dans une main un seau d'eau, et dans l'autre une sorte de calebasse en plastique vert. Ouvrez grand la bouche, a-t-elle répété, que je vous donne un peu à boire. Puis la femme soldat a entrepris de remonter lentement le rang, souriant à peine et s'arrêtant à peine devant chacun de nous pour nous lancer une pleine calebasse d'eau tiède et nauséabonde au visage.

*

Un soldat nous a ordonné de lever le bras droit devant nous selon un angle de quarante-cinq degrés au-dessus de l'horizontale, doigts tendus, paume vers le sol, et de maintenir cette position pendant une minute qu'il allait chronométrer mentalement. Nous avons obéi, et tendu le bras droit. Puis, quand la minute s'est achevée dans sa tête, le soldat nous a dit de rester dans cette position une minute de plus, son chronomètre mental s'est remis en marche et j'avais envie de crier de douleur.

*

Une soldate nous a ordonné de nous agenouiller.

C'était la même instructrice qui, la veille

au soir – quelques heures plus tôt qui semblaient des années –, avait annoncé les tours de garde perchée sur une table.

Deux filles blondes, pieds nus, d'environ mon âge, ont chuchoté quelque chose entre elles ; la femme soldat s'est précipitée sur elles, les a attrapées par les cheveux et les a traînées, hurlant et se débattant, hors du rang, pour les mettre à genoux, l'une en face de l'autre, devant nous tous.

Donne-lui une claque, a ordonné la femme soldat à une des filles.

La fille a levé les yeux et secoué légèrement la tête, perplexe ou apeurée. Je te dis de lui donner une claque, a répété la femme soldat, articulant chaque mot pour que nous les entendions tous. Mais la fille a continué de secouer la tête. Elle avait les yeux fermés. Sa lèvre inférieure tremblait. J'ai remarqué que ses ongles de pied étaient peinturlurés d'un vernis rouge cerise. La femme soldat s'est plantée devant la fille, l'a toisée et lui a flanqué une gifle d'une telle force que la fille, la joue rougie, a dû poser une main par terre pour ne pas tomber. Redresse-toi, a ordonné la femme soldat sans la moindre émotion, et, se tournant vers l'autre fille, a décrété : À toi maintenant, donne-lui une claque. Alors, l'autre fille a tourné les yeux vers son amie – qui continuait de secouer la tête, l'implorant de ne pas le faire –, elle a levé la main et, après avoir hésité un instant, lui a assené sur la même joue une gifle retenue, quasi symbolique. Plus fort, a crié la femme soldat. La fille, qui elle aussi avait les ongles de pied du même vernis rouge cerise, a hésité un moment, puis repensé à ce qui venait de se passer et, saisissant le coût d'une désobéissance, a flanqué une deuxième claque à son amie (sa meilleure amie peut-être, avec laquelle elle venait, dans une tente, de se peinturlurer les ongles de pied de vernis rouge cerise). Plus fort, j'ai dit, a crié la femme soldat, et la fille a levé, pour la troisième fois, la main et frappé, pour la troisième fois, son amie sur la même joue, et le tonnerre de cette claque a vibré longtemps dans les bois.

Les deux filles étaient en pleurs.

La femme soldat les a empoignées par les cheveux et les a enfermées chacune dans une cellule de chaux.

*

Des soldats ont entrepris de remettre à chaque enfant une bande de tissu blanc avec une fine cordelette aux deux extrémités et une étoile jaune imprimée en son centre. Jude, lisait-on dans l'étoile, en lettres noires si stylisées qu'il m'a fallu quelques secondes pour les déchiffrer, car à première vue, elles ressemblaient pour moi à des caractères hébreux. Judenstern, nous ont-ils dit. Étoile juive. Nous allions désormais porter en permanence cette étoile jaune autour de notre bras gauche, à hauteur du cœur. Tout enfant pris sans son étoile jaune serait puni et fouetté. Chacun devait aider son voisin à l'attacher. Alors, j'ai aidé mon frère à attacher son étoile et il a attaché la mienne, pendant que les enfants autour de nous en faisaient autant. Certains gémissaient et soupiraient, comme gênés. Mais le fait de porter désormais cette étoile jaune à mon bras gauche a provoqué chez moi un autre sentiment, aussi inexplicable qu'inattendu. Cela m'a rempli d'une sorte d'ardeur qu'aujourd'hui, peut-être, j'appellerais de l'orgueil.

*

Samuel nous observait depuis l'autre bout de la clairière, le visage impassible, les bras croisés sur la poitrine, la posture ferme et stoïque, comme s'il était le commandant ou l'autorité suprême. Il ne bougeait pas. Il ne parlait à personne. Il nous surveillait de loin. Des soldats nous hurlaient un ordre, mais je les écoutais à peine. Toujours agenouillé, je n'arrivais pas à détacher les yeux de Samuel. Je suis sûr que j'étais le seul à l'apercevoir dans sa ténébreuse splendeur. J'ai vu s'approcher de lui une des instructrices habillée en soldat, peut-être la plus jeune – une adolescente mince, petite, aux cheveux très raides et très blonds –, qui s'est mise à lui parler. Mais Samuel ne lui répondait pas. Tout juste la regardait-il du coin de l'œil, concentré sur nous, secouant lentement la tête (un non à la fois subtil et emphatique). L'instructrice portait des lunettes qui, soit du fait de son visage d'enfant, soit de l'épaisseur des verres, paraissaient énormes. Nerveuse, elle les enlevait, les remettait, puis les enlevait de nouveau, les serrait et les agitait dans sa main qui tremblait un peu. Elle disait quelque chose à Samuel, tout bas pour commencer, puis à voix haute, puis criant presque, jusqu'à ce qu'enfin, résignée, elle se taise. Elle avait le visage empourpré, les deux poings serrés. Elle semblait sur le point d'exploser. Mais elle n'a pas explosé. Elle a enlevé le brassard rouge et la chemise noire qu'elle a abandonnés aux pieds de Samuel, et, vêtue à présent d'un pantalon noir et d'un débardeur blanc, elle est allée s'asseoir dans une cellule de chaux.

*

Des soldats nous criaient de mettre nos mains dans le dos. Nous avons obéi, toujours agenouillés, et les soldats ont entrepris de nous ligoter les mains avec un fin lien d'osier. J'ai senti le frottement rugueux de l'osier autour de mes poignets et me rappelle avoir été étonné de constater que ce lien tenait à peine, comme s'il avait été attaché sans trop d'effort, ou avec un nœud grossier. J'ai songé que je pourrais facilement dégager mes mains, défaire ce lien et me libérer. Mais je suis resté immobile.

Peu après, un enfant s'est plaint d'avoir soif ; il a reçu un coup de bâton sur les fesses et ils l'ont l'emmené dans une cellule de chaux. Une fille s'est plainte d'avoir mal aux genoux ; ils l'ont bâillonnée avec un foulard sale et enfermée à son tour dans une cellule de chaux. Puis un garçon a bafouillé qu'il devait aller aux toilettes pour uriner, et lui aussi ils l'ont bâillonné avec un foulard sale et allongé à plat ventre dans une cellule de chaux où, les uns après les autres, ils lui ont marché dessus en criant allez, vas-y, urine. Après ça, plus personne ne s'est plaint de rien.

*

Un soldat longeait le rang en marchant, une tapette à mouches rouge à la main. Toi, a-t-il dit, en désignant un enfant avec la tapette à mouches. Et toi, en désignant un autre enfant. Et toi, en en désignant un autre. Et toi, en me désignant moi.

Aucun de nous quatre ne savait quoi faire. Nous sommes restés figés, à nous regarder avec inquiétude et stupéfaction, attendant les instructions.

Posté maintenant à dix ou quinze mètres de nous, le soldat nous a annoncé que nous allions faire une course, comme ça, à genoux, les mains ligotées dans le dos, et que les trois derniers à atteindre l'endroit où il se trouvait seraient les perdants. À vos marques, a-t-il crié sans même nous laisser le temps d'intégrer ce qui était en train de se passer, et j'ai senti la panique au creux de ma poitrine.

Prêts, a-t-il crié, et j'ai tourné fugacement les yeux vers ma droite, vers ma gauche, cherchant quelqu'un qui pourrait m'aider ou me sauver. Partez, a-t-il crié, et j'ai commencé à avancer, par à-coups, basculant vers l'avant, sur le côté, luttant pour me redresser sans pouvoir me servir de mes mains, luttant pour garder le cap et me diriger tant bien que mal vers les éclats de rire du soldat. Je n'entendais rien d'autre. Comme si soudain tous les autres enfants et tous les autres soldats avaient disparu. Plus rien n'existait ou ne m'importait en dehors de ce rire hystérique et moqueur. Je ne sais combien de temps j'ai mis à parcourir ces dix ou quinze mètres, mais quand j'ai enfin atteint le but, haletant et recrachant des petits brins d'herbe, mon pantalon de toile bleu déchiré aux genoux et le visage tout crotté de sueur et de terre, le soldat, agitant sa tapette à mouches dans un geste qui m'a fait penser à un empereur romain acquittant sa victime, m'a dit de regagner ma place dans le rang. Les trois autres, il les a conduits à genoux vers trois cellules en chaux.

*

Nous sommes restés là un bon moment encore. Dans un silence absolu. Agenouillés sur la terre humide et froide, les mains attachées dans le dos. Jusqu'à ce que, vers midi, débarquent deux soldats qui portaient une énorme marmite, des assiettes en aluminium et une louche.

Essenszeit, Juden, ont-ils crié. C'est l'heure de manger, les juifs.

Je me suis rendu compte alors que nous n'avions rien avalé de la matinée. J'avais faim, évidemment. Mais une faim étouffée par la sidération, l'angoisse et tout le reste.

L'un des soldats posait une assiette en fer-blanc devant chaque enfant, par terre, tandis que l'autre servait des portions d'une soupe couleur de beurre. La moitié de ma soupe a atterri par terre. L'autre moitié, je l'ai ingurgitée comme l'aurait fait un chien.

Je me suis redressé quand j'ai eu terminé, je me suis nettoyé la bouche avec ma langue du mieux que j'ai pu, et j'ai senti qu'il se passait quelque chose tout au bout de la file, sur ma gauche. J'ai tourné la tête.

Saúl le rouquin refusait de manger sa soupe. Un soldat, accroupi, lui hurlait dans l'oreille qu'il devait la manger jusqu'à la dernière goutte, que c'était un ordre. Mais Saúl secouait la tête en pleurnichant, et répétait que non.

Samuel, qui avait continué de nous observer à distance, s'est dirigé lentement vers l'extrémité de la file. Je n'ai pas compris pourquoi ses pas me semblaient trop lourds, trop alanguis, comme si quelque chose le freinait ou l'entravait, jusqu'à ce que j'aperçoive, affolé, dans l'étui fixé à sa ceinture, un petit pistolet noir.

Samuel s'est positionné derrière l'enfant. Sans rien dire, il a posé une main sur l'arrière du crâne de Saúl et l'a poussé violemment vers le bas. Saúl n'a pas opposé la moindre résistance et sa tête est allée s'écraser contre le sol.

J'ai eu peur comme jamais. Une peur chaude et paralysante. Une peur qui m'a aussitôt changé en statue. Un de mes compagnons était allongé par terre, en sang. Il avait besoin d'aide, de réconfort au moins. Et je ne pouvais ou ne voulais ou n'osais rien faire pour lui.

Martínez, lui, était déjà debout et courait vers Saúl.

Deux soldats l'ont plaqué au sol.

Je ne sais comment, puisqu'il avait encore les mains ligotées dans le dos, Martínez est parvenu à leur échapper et à se relever. Puis, faisant face à l'un des soldats, il a baissé la tête et, prenant de l'élan, lui a foncé dessus, le percutant violemment en plein ventre. Le soldat s'est écroulé, souffle coupé, le visage livide, se tenant le ventre à deux mains, et Martínez, tête toujours baissée, a libéré un cri qui a bourdonné longtemps dans les bois. Un cri douloureux, primal, adressé aux soldats ou peut-être à nous tous :

Putains de lâches.

Martínez, toujours courbé en deux, s'apprêtait à charger l'autre soldat quand Samuel est arrivé en courant et, s'inclinant légèrement, d'un geste fulgurant, expert, lui a balayé les jambes par-derrière tout en lui assenant un coup sec sur la nuque du tranchant de la main.

Martínez s'est effondré comme une poupée de chiffon.

Son corps était inerte. Il avait les yeux entrouverts, les bras désarticulés, retournés à un angle impossible, le coude râpé et en sang. Il avait perdu une chaussette.

Trois soldats se sont précipités vers l'endroit où il gisait, ils lui ont détaché les mains, l'ont soulevé et emporté en le tenant chacun par une extrémité.

Pas un de nous n'a bougé. Personne n'a rien dit.

*

Samuel était campé devant la file, en silence, les mains dans le dos, nous dévisageant l'un après l'autre, nous laissant peut-être le temps de nous imprégner davantage de la scène qui venait de se dérouler (ou du cri de Martínez). Puis il s'est mis à parler de soumission, de la nécessité de se soumettre aux règles du groupe et à la chaîne de commandement, de l'importance d'obéir aux ordres. Je ne me souviens pas de ses paroles exactes – j'étais encore abasourdi et à moitié hypnotisé par les coups et le sang et ce petit pistolet noir –, mais je me souviens de son ton péremptoire. De sa posture martiale. De son regard bleu et sinistre. Du rictus de plaisir sur son visage. Je me rappelle aussi que le silence entre nous avait changé. Ce n'était plus un silence de respect, ni un silence de crainte, mais un silence plus proche du vide ou de l'absence, comme si nos esprits, notre discernement, nos cœurs, nos voix n'étaient plus là.

Samuel a terminé son discours et nous a ordonné de nous lever.

Les jambes engourdies, percluses de crampes, j'ai dû faire un effort pour ne pas perdre l'équilibre.

Des soldats ont entrepris de dénouer le lien qui emprisonnait nos poignets. D'autres ont libéré les enfants enfermés dans leurs cellules de chaux. D'autres encore ont apporté depuis les tentes les chaussures et les bottes des enfants qui étaient pieds nus ou en chaussettes, et les ont jetées devant nous, en tas, sens dessus dessous. Toujours devant nous, à côté de la montagne de chaussures et de bottes, étaient à présent disposés deux bancs et une table en bois, sur laquelle je distinguais quelques objets : un portefeuille en cuir noir, une grosse boule de coton, une bouteille d'alcool, un stylo plume, un stylo-bille, un petit flacon d'encre verte, un appareil en métal qui m'a d'abord semblé être un genre de revolver ou d'arme à feu, avant que je comprenne qu'il s'agissait d'une machine à tatouer.

Samuel a annoncé que nous allions passer le reste de l'après-midi à chercher des pierres dans le ruisseau puis à les remonter à la clairière. De toutes sortes, a-t-il dit, de toutes les tailles et textures, jusqu'à ce que nous ayons formé une montagne de pierres. Compris ? a-t-il demandé en criant, mais nous savions que ce n'était pas une question. Alors, en route.

Nous avons obéi et quitté la clairière sans rompre la file, et nous sommes entrés dans le bois en suivant le sentier que nous connaissions bien, qui descendait jusqu'au ruisseau. Nous étions seuls, sans soldats pour nous accompagner et nous surveiller, et pourtant personne ne parlait. Notre peur était un bâillon.

Nous avancions lentement, d'un pas mécanique et gauche, perdus dans nos pensées. Certains pensant peut-être à ces pierres que nous allions passer le reste de la journée à trouver et porter jusqu'à la clairière (pour construire quelque chose ? pour détruire quelque chose ? pour ensuite, pendant la nuit ou la journée du lendemain, être obligés de les rapporter au ruisseau ?). D'autres pensant au pistolet noir dans l'étui de ceinture de Samuel (pourquoi un pistolet ? pourquoi ce pistolet-là, si raffiné et insolite ? l'avait-il rempli de balles et armé ? était-il vraiment prêt à le braquer sur nous et à tirer ?). D'autres pensant au petit flacon d'encre verte et à la machine à tatouer qui attendaient derrière nous, sur la table en bois (allaient-ils tous nous tatouer ensuite ?). Et d'autres, sûrement la majorité, pensant encore à Martínez.

Le sentier se faisait plus étroit et touffu. J'ai levé la tête. Le soleil, lointain, formait un cercle de lumière dans le ciel. Puis j'ai regardé derrière moi, précipitamment, comme si cela aussi était interdit, comme par crainte de perdre la vue ou de me changer en statue de sel. On distinguait à peine le campement à travers les feuillages. Les tentes vert olive. Des ombres en uniforme noir. Le mât du drapeau au centre de la clairière. Je me suis arrêté au pied d'un grand arbre sans âge et me suis appuyé quelques secondes contre le tronc, abattu ou fatigué, ou ayant simplement besoin de ces quelques secondes pour que mes jambes reprennent un peu de force avant de bondir hors du sentier et de me mettre à courir vers le haut de la montagne.

Des cris et des bruits de pas ont résonné derrière moi, mais j'ai continué à courir.

C'ÉTAIT un Luger, m'a-t-il dit.

Une Thaïlandaise en minijupe de toile et débardeur noir s'est approchée, lui a glissé quelques mots en allemand, il s'est contenté d'avaler une gorgée de rhum sombre et la Thaïlandaise, déçue peut-être, a disparu à travers un rideau de perles.

Mais un Luger sans balles, a-t-il ajouté, sa main potelée faisant un geste étrange sur le plateau de la table, un geste lugubre et plein de compassion à la fois, comme pour refermer les yeux d'un mort.

Il portait une chemise hawaïenne aussi extravagante qu'immaculée, une veste en simili cuir, une grosse chaîne en or jaune au cou et une autre identique au poignet gauche. Sa crinière blonde avait disparu. Son corps, beaucoup plus trapu et voûté que dans mon souvenir, était à présent le corps flasque et bedonnant d'un sexagénaire qui a derrière lui deux ou trois mariages. Et l'on distinguait à peine désormais, sous le masque des rides, des lunettes de lecture et de l'épaisse barbe de rabbin poivre et sel, ses traits délicats et son regard bleu ciel.

Car l'important, ce n'étaient pas les balles, m'a murmuré Samuel depuis l'autre côté de la table ; il a léché le rhum sur ses lèvres, et il a articulé lentement : l'important, c'était que vous regardiez tous le pistolet.

*

Nous marchions bras dessus, bras dessous et sans la moindre hâte dans le jardin du Luxembourg (je me rappelle avoir songé que Regina marchait avec grâce, avec allant, comme au rythme d'une musique inexistante), tandis qu'elle fumait l'une de ses cigarettes en papier maïs et me racontait son départ définitif du Guatemala quelques jours après qu'on avait tenté de l'enlever au supermarché La Sevillana (en lui rasant les cheveux et en la déguisant, pour que personne dans ce supermarché ni dans le pays ne puisse la reconnaître), et comme je lui volais des taffes et lui parlais de la tarentule que j'avais vue ou cru voir le matin des cris, Regina m'a appris que Samuel Blum vivait lui aussi à Berlin. Mais sans me dire pour quelle raison, ni dans quel quartier, ni depuis combien de temps, ni ce qu'il y faisait. Elle m'a juste dit qu'au fil des ans, il avait vécu et travaillé dans plusieurs villes d'Amérique latine et du vieux continent, et que, par un caprice du hasard, il résidait maintenant à Berlin. Samuel Blum est lui aussi devenu un Berlinois, a-t-elle ajouté, non sans emphase.

Une semaine après que j'étais rentré de Paris, valise en main et sans le moindre vent tempétueux, j'ai reçu un appel de Regina. Elle m'annonçait qu'elle avait réussi à obtenir, sans me dire comment, le numéro de téléphone de Samuel, ainsi que son e-mail et même une adresse postale, et que j'allais pouvoir entrer en contact avec lui. J'ai noté toutes ces coordonnées au verso d'un ticket de supermarché et remercié chaleureusement Regina, lui ai dit que j'allais de ce pas écrire à Samuel, sachant que je n'en ferais rien. Je n'avais aucune envie de lui parler après toutes ces années. Sans compter que le souvenir de ce qui s'était passé dans cette forêt m'inspirait encore du dégoût et un certain malaise. Si bien que le ticket, posé sur un coin de mon bureau, s'est retrouvé peu à peu enfoui sous les livres, les prospectus, les dessins de mon fils, les factures de gaz et d'électricité et celles de l'hôpital Martin Luther (une récente opération chirurgicale en urgence), les feuilles volantes, les chemises en carton et même un talisman noir préhistorique : une petite pierre triangulaire qui m'accompagne depuis des années, posée sur une table de travail, rangée dans un tiroir, voyageant dans un sac, enfermée parfois dans un carton de déménagement; une pierre que j'ai achetée sur la route de San Martín Jilotepeque (comme mémento d'une autre époque et d'un autre voyage), à une fillette maya qui voulait me vendre une vieille bouteille de Pepsi en plastique remplie de deux litres d'essence, diluée peut-être, ou volée : une pierre d'obsidienne communément appelée pierre de foudre ou dent de foudre ou dieu de la foudre ou encore flèche de foudre, en vertu d'une croyance ancestrale selon laquelle ces pierres apparaîtraient dans les champs où la foudre s'est abattue, mais que nous autres, enfants, de manière plus économique mais aussi plus enchanteresse, appelions pierre foudre. J'avais presque oublié l'existence de ce ticket, au milieu du chantier qu'est mon bureau, quand un soir, quelques jours plus tard, j'ai reçu un appel d'un numéro inconnu.

Je suis Samuel Blum, m'a annoncé une voix que j'ai aussitôt reconnue, et qui m'a aussitôt troublé.

Nous avons échangé les politesses d'usage. Nous avons discuté un peu. Il m'a expliqué que Regina lui avait transmis mon numéro de téléphone, et je me suis représenté Regina comme l'une de ces dames juives qui s'obstinent à vouloir arranger fiançailles et mariages, avant de me demander pourquoi elle insistait tant pour me mettre en contact avec Samuel, pour nous réunir après tout ce temps. Je me suis tu et Samuel aussi. S'est ensuivi l'un de ces longs silences pleins d'ennui entre deux inconnus, ou plus précisément deux adversaires, avant que Samuel me propose – m'ordonne – de nous retrouver le lendemain soir, à huit heures pile, sur Helmholtzplatz. Nous retrouver pour quoi faire, ai-je songé, manquant lui poser la question. La place se trouvait à l'autre bout de la ville, nous étions en pleine tempête de neige et je n'avais rien à dire à ce type qui ne savait qu'aboyer des ordres.

Avec plaisir, ai-je répondu.

*

Le docteur Kampf a posé la main sur son front et m'a dit, à travers son masque turquoise – dans un anglais furieux, au dense accent allemand –, de ne pas m'en faire, que l'opération se passerait bien, de compter tout haut et lentement de dix à un en imaginant des pâturages dorés ondulant dans la brise. Et la dernière chose à laquelle j'ai pensé avant que l'anesthésie ne me ferme les yeux, c'est qu'il avait le patronyme parfait pour un chirurgien chargé d'opérer un juif.

Une tumeur. Depuis le début, j'étais convaincu que j'avais une tumeur. Les premiers mois, je restais allongé sur le lit ou me déshabillais devant le miroir et passais de longs moments à me palper le ventre. Parfois, je sentais quelque chose. D'autres fois, je ne sentais rien et supposais que je m'étais inventé l'existence de cette petite boule. Mais le plus souvent, je me persuadais que ce que je sentais là non seulement continuait de grossir, mais qu'il s'agissait, sans doute aucun, d'une tumeur. Ce qui n'avait pour moi rien de surprenant. Deux personnes me l'avaient déjà diagnostiquée ou prédite. Dans un hameau sur les rives du lac d'Amatitlán, une guérisseuse maya, sa main cadavérique posée sur mon abdomen, m'avait dit que quelque chose, là-dedans, était en train de me tuer. En réalité, je n'ai jamais réussi à savoir si elle me l'avait dit ou si je l'avais rêvé ; dans ce monde-là d'ailleurs, au bord de ce lac-là, paroles et rêves étaient une seule et même chose. Lors d'un autre voyage, je me trouvais avec une amie dans une cafétéria de Tokyo quand un vieux médecin japonais, assis à côté de nous au comptoir, m'avait demandé la permission de me prendre les pouls (au pluriel), et, plaçant trois doigts sur mon poignet gauche, avait énigmatiquement déclaré qu'il percevait là le rythme long et tendu de la corde d'un instrument de musique. Le pouls xianmai, avait-il dit en japonais, avant que mon amie ne me traduise. Un pouls qui pouvait indiquer une disharmonie dans mon ventre, peut-être au niveau du foie ou de la rate. Le vieil homme avait prononcé quelques mots encore en japonais, que mon amie s'était cette fois refusée à traduire, mais qui m'avaient fait l'effet définitif, lapidaire, d'une condamnation.

Le jour de l'intervention, un taxi était passé me prendre très tôt le matin pour me conduire à l'hôpital Martin Luther. Le docteur Kampf (ou, comme j'avais l'habitude de l'appeler en privé et comme un jour, par erreur, j'avais failli l'appeler dans son cabinet : le docteur Mein Kampf) m'avait demandé, par précaution, de prendre un taxi, même si l'hôpital ne se trouvait qu'à quelques rues de notre appartement. Il voulait que je sois sur place à six heures pile du matin, à jeun, pour accomplir tous les préparatifs de cette brève chirurgie ambulatoire, programmée à huit heures.

Le chauffeur de taxi, un Turc moustachu qui avait l'air d'un vieux dans la pénombre du petit matin, m'a demandé si j'allais à l'hôpital de si bonne heure pour une opération, et je lui ai répondu que oui. Une tumeur, ai-je menti avec une grimace de martyr et une main sur l'estomac (il s'agissait en fait de la combinaison d'une hernie inguinale et de calculs dans la vésicule, plus exactement d'un seul gros calcul dans la vésicule : ein großer Gallenstein, m'avait annoncé le docteur Mein Kampf en le découvrant sur l'écran de l'appareil à ultrasons, un caillou qui avait le diamètre, avait-il précisé, d'une balle de ping-pong). Le chauffeur de taxi m'a demandé si j'étais inquiet et j'ai répondu que oui, de fait, un peu inquiet, mais moins de l'opération en elle-même que de l'anesthésie générale, les anesthésies générales m'ayant par le passé causé des soucis et des problèmes de santé. Le vieux chauffeur de taxi, après avoir produit un étrange claquement de langue (un claquement de langue en turc), a gardé le silence jusqu'à ce que nous arrivions à l'hôpital et nous garions devant la porte d'entrée.

L'anesthésie est comme l'opium, m'a-t-il dit dans l'obscurité en se retournant vers moi, tandis qu'il prenait mes billets, me fixant avec la gravité de qui parle en connaissance de cause, et j'ai imaginé le vieux Turc gisant sur le sol d'une fumerie d'opium populaire, à Istanbul. L'anesthésie est comme l'opium, m'a-t-il répété, et vous, monsieur, pendant quelques heures vous n'aurez plus aucun problème dans la vie.

*

Nous nous sommes retrouvés au milieu de la place, sous une neige légère mais constante (les flocons comme d'impalpables grains de sucre glace). Samuel était vêtu d'une épaisse parka noire avec de la fourrure couleur miel autour du cou. Il m'a serré la main, même s'il serait plus exact de dire qu'il m'a donné la sienne, immaculée et poisseuse, paume vers le bas, comme s'il voulait que je la baise. J'ai lâché sa main de mollusque sans la baiser et j'ai aperçu, derrière lui, un homme qui marchait péniblement contre le vent – ses longs cheveux s'agitaient, en bataille, son pardessus jaunâtre s'envolait derrière lui, des brindilles et trois ou quatre feuilles desséchées étaient plaquées contre son torse –, alors qu'il n'y avait pas la moindre brise. L'homme, ai-je fini par comprendre, s'était tartiné les cheveux de gel pour les figer en l'air ; il avait une armature dissimulée dans le dos, sous ses vêtements, qui soulevait le pardessus et donnait l'impression que celui-ci ondulait comme une bannière jaune pâle dans la brise ; et il s'était fixé sur le torse, avec de la colle, les brindilles et les trois ou quatre feuilles mortes. Mais dans ce numéro d'illusionniste, ai-je songé en continuant de l'observer, le vent n'existait que grâce aux pas pénibles et harassés de l'homme. Son accoutrement, bien qu'impeccable, ne suffisait pas. La performance était nécessaire. La bataille était nécessaire.

Samuel s'est mis en marche sans rien dire et je suis certain qu'il n'a jamais rien su de cette bataille qu'un homme était en train de livrer juste derrière lui pour une poignée de pièces, au beau milieu d'une place de la capitale allemande, contre le vent, la neige, l'univers tout entier peut-être. Pourtant, presque immédiatement, sans ralentir le rythme de ses foulées et esquivant toutes mes questions par des silences ou des monosyllabes, Samuel a entrepris de me soumettre à une espèce d'interrogatoire qui par moments paraissait déplacé, par moments quasi policier. Il a voulu savoir depuis quelle date et avec quelles personnes je vivais à Berlin. Il a voulu savoir ce que je faisais là, quel était mon travail, avec quels fonds, quels papiers, dans quel quartier de la ville j'habitais, jusqu'à quand je comptais rester. Puis, tout bas, comme pour qu'aucun autre passant ne l'entende, il m'a interrogé sur les détails de la vie berlinoise de mon fils. Il voulait savoir quatre choses, spécifiquement : si nous l'avions déjà emmené au Mémorial aux Juifs assassinés d'Europe, plus connu sous le nom de Mémorial de l'Holocauste (je lui ai répondu que oui, même si pour un enfant de six ans, ces rangées de centaines de cubes de béton n'étaient guère autre chose que les dédales d'un immense labyrinthe où jouer à cache-cache avec Papa) ; si mon fils connaissait la section du Musée juif de Berlin destinée aux enfants (je lui ai répondu que oui, bien sûr, qu'il y avait déjà couru et joué avec les animaux de l'Arche de Noé bricolés avec tant d'ingéniosité par des artistes à partir de toutes sortes d'objets recyclés) ; si mon fils était inscrit à l'école juive (je lui ai répondu que non, que nous ne savions même pas qu'il existait une école juive à Berlin, qu'il étudiait à l'école française, un grand établissement, splendide, ai-je ajouté, même si sur ce tronçon de la Kurfürstenstraße, à toute heure de la matinée ou de l'après-midi, défilaient quatre ou cinq prostituées trop jeunes et trop maigres et sans doute bulgares, que mon fils prenait pour des enseignantes de son école) ; si mon fils connaissait déjà l'histoire de son arrière-grand-père polonais à Berlin (je lui ai répondu que oui, un peu, car un matin que je l'accompagnais à l'école française, nous avions vu que toutes les plaques en laiton incrustées dans le trottoir avaient été entourées de fleurs et de bougies au cours de la nuit, et mon fils m'avait demandé ce qu'étaient ces plaques si bien que j'avais dû lui expliquer qu'elles s'appelaient des stolpersteine et qu'elles étaient ainsi décorées parce qu'on commémorait ce jour-là l'anniversaire de la Nuit de cristal ; il m'avait demandé ce que voulait dire stolpersteine et ce qui s'était passé pendant la Nuit de cristal, à qui appartenaient ces noms inscrits sur les plaques de laiton, et pourquoi les Allemands avaient tué tous ces juifs, et pourquoi les Allemands avaient aussi tué toute la famille de son arrière-grand-père polonais, jusqu'à ce qu'il cesse enfin de me poser des questions, semblant avoir compris ou saisi intuitivement quelque chose, et passe le reste du chemin menant à son école à s'agenouiller devant chaque plaque de laiton, à la toucher de son index et à me lire le nom qui y était inscrit, pour ainsi, à sa manière, ai-je expliqué à Samuel, saluer et honorer les juifs assassinés à Berlin).

À partir de là, les questions de Samuel sont devenues de plus en plus étranges, comme si elles relevaient d'un interrogatoire non pas policier mais psychologique, visant à déterminer l'état psychique et émotionnel, religieux même, dans lequel je me trouvais. Certaines, plus qu'à des questions, ressemblaient à des énigmes ou à des devinettes. D'autres, à des paraboles que j'étais censé expliquer. D'autres encore à une version du test de Rorschach, où les mots remplaçaient l'encre. C'était comme si Samuel était en train de me faire passer un examen quelconque, sans que je comprenne lequel, ni pourquoi, ni que j'ose lui répondre moi aussi par monosyllabes, ou tout simplement l'envoyer promener.

Soudain, il s'est arrêté au milieu du trottoir. Il a posé la main sur mon avant-bras et m'a demandé comment je me sentais à Berlin, puis, après une pause, a clarifié sa question : Comment te sens-tu à Berlin, Eduardo, en tant que juif ?

*

Je vivais depuis quelques mois à Grunewald, un quartier aisé et plutôt bucolique de la capitale allemande, quand j'ai vu passer un zeppelin.

Il y a des histoires zeppelin. C'est ce qu'a déclaré un jour l'écrivain cubain José Lezama Lima. On regarde passer une histoire, a-t-il dit, comme on regarde passer un zeppelin. Même s'il est possible que Lezama Lima n'ait jamais dit cela ou qu'il n'ait pas dit une histoire, mais un poème. Peu importe. L'analogie fonctionne pour les deux.

J'avais obtenu une bourse pour passer un an au Wissenschaftskolleg de Berlin, et à part me consacrer pleinement à mon propre travail, à mon écriture – on m'avait alloué, au siège de cet institut à Grunewald, un bureau vaste et luxueux avec vue sur un petit lac –, j'avais fort peu d'obligations. Je devais donner une brève conférence sur ma trajectoire littéraire ; je devais remettre, à la fin de mon séjour, un rapport d'activités (en définitive, j'ai écrit une sorte de nouvelle sur le Gleis 17, le monument érigé dans la gare ferroviaire de Grunewald pour honorer la mémoire des juifs transportés depuis ce lieu vers les différents camps de concentration nazis, où j'imaginais que l'un de ces si nombreux juifs serrés sur ce quai aurait pu être mon grand-père polonais) ; et je devais déjeuner tous les midis à l'institut avec les autres boursiers, manière d'encourager et de stimuler l'échange d'idées. Un déjeuner généralement délicieux, agréable, mais cette routine m'était un peu pénible, car elle m'obligeait à interrompre mon travail en fin de matinée pour m'habiller, me préparer et sortir de l'appartement qu'on nous avait attribué pour la durée de cette résidence, au dernier étage d'un édifice aussi ancien que magnanime baptisé Villa Walther (dessiné et construit en 1912 par l'architecte Wilhelm Walther qui, cinq ans plus tard, criblé de dettes, se pendrait dans la tour principale), et parcourir cinq cents mètres à pied le long de la Koenigsallee pour aller manger et bavarder au siège de l'institut avec mes camarades boursiers, les membres de la direction et quelques universitaires.

Le jour du rendez-vous avec Samuel, en plein cœur de l'hiver ombreux et neigeux de Berlin, j'ai quitté l'appartement en fin de matinée en bougonnant. Il y avait à peine deux semaines que j'étais rentré de Paris, et je tardais, comme toujours après un voyage, à retrouver un rythme de travail. Ce matin-là avait été particulièrement laborieux, et je suis sorti de l'appartement en retard et de mauvaise humeur, ayant dû laisser en plan mon travail de la matinée (je n'avais pas arrêté de tourner et de retourner une phrase qui, décidément, me résistait). Mauvaise humeur qui n'a fait qu'empirer quand la porte de l'ascenseur s'est ouverte et que j'ai été, une fois de plus, assailli par une odeur abominable. Une puanteur comme je n'en avais jamais senti de ma vie : un mélange toxique de soufre, de sueur d'aisselle et de putréfaction. Je me suis couvert du mieux que j'ai pu le nez et la bouche avec mon bras et, comme je descendais les quatre étages les yeux baignés de larmes, j'ai tenté de calculer qui pouvait être le résident qui osait sortir de chez lui et monter dans cet ascenseur tous les jours sans s'être douché ni débarbouillé, sans la moindre considération pour ses voisins (j'ai un peu honte d'avouer aujourd'hui que deux ou trois candidats possibles me sont venus à l'esprit, avant que je finisse par constater que cette pestilence quotidienne dans l'ascenseur n'était pas due à l'un des boursiers, mais à un vieux chien qui souffrait d'une dermatite sévère, et que ses maîtres sortaient promener juste avant midi).

Après une descente qui m'a paru durer une éternité, la porte s'est enfin ouverte, je me suis précipité hors de l'ascenseur puis dans la rue, et me suis mis en marche sur le trottoir de la Koenigsallee en inspirant de grandes bouffées d'air frais et glacial. Des adolescentes, debout au coin de la rue, attendaient l'autobus. Un monsieur en costume cravate lisait le journal assis sur un banc. Deux hommes d'un certain âge, pioche et pelle à la main, creusaient une série de trous sur un étroit lopin de terre municipal, sans doute pour planter des pommes de terre. J'ai salué les deux hommes d'un petit coup de menton et continué mon chemin sur le trottoir de la Koenigsallee, percevant encore la puanteur dans mes fosses nasales et maudissant le coupable inconnu et irrespectueux, quand tout à coup, à quinze ou vingt mètres de moi, j'ai aperçu une forme rougeâtre qui traversait la rue.

Un chien, ai-je d'abord pensé. Ou un chat, me suis-je corrigé, à cause de sa taille. Puis, à sa démarche lente et laborieuse, j'ai de nouveau pensé qu'il s'agissait d'un chien, mais vieux et efflanqué. Sauf que sa queue ne pouvait pas être la queue d'un chien ; trop longue et trop touffue. Je suis resté figé sur le trottoir pour mieux l'observer, et j'ai compris alors que cet animal était un renard, qui tenait en l'air une de ses pattes de devant, visiblement blessée. Il boitait. Il avançait si lentement vers mon côté de la rue qu'une Mercedes a dû ralentir pour le laisser passer. Et j'ai eu tout le temps de mieux le regarder : son fin museau blanchâtre, le bouton noir de sa truffe, ses pattes plus sombres que le reste du corps, son regard craintif, d'un bleu clair. Il n'était pas inhabituel de croiser un renard dans notre quartier de Grunewald, avec ses bois, ses jardins, ses ruisseaux, son enfilade d'étangs et de lacs ; mais j'étais étonné d'en apercevoir un à cette heure du jour (en général, on les voyait la nuit ou très tôt le matin, alors qu'ils regagnaient leur terrier). Le renard a fini par atteindre le trottoir où j'étais planté et, toujours à quinze ou vingt mètres, sa petite patte de devant toujours levée, il a tourné la tête vers moi. Nous nous sommes dévisagés une seconde, peut-être moins – nulle peur dans son regard bleu ciel –, avant que le renard s'engage dans le jardin d'une maison et disparaisse parmi les arbustes.

Une demi-heure plus tard, tandis que je dégustais des boulettes de viande aux câpres servies avec une espèce de sauce blanche (ce plat traditionnel, d'origine prussienne, a pour nom Königsberger Klopse), me remémorant peut-être ma conversation avec Regina deux semaines plus tôt, à Paris, et pensant au rendez-vous avec Samuel le soir même, j'ai raconté à un groupe de boursiers et d'universitaires allemands, bouche bée, comment, à l'âge de treize ans, je m'étais retrouvé prisonnier dans un faux camp de concentration nazi.

Et je suis resté à contempler un zeppelin flottant haut dans le ciel, au loin.

*

Nous étions maintenant face à face. La main de Samuel était toujours posée sur mon avant-bras. La peau de son visage était si pâle que, dans l'obscurité de la nuit, elle paraissait traversée par on ne sait quelle substance fluorescente.

Je savais la réponse qu'il voulait entendre : qu'un juif n'est jamais tranquille à Berlin, qu'un juif erre dans Berlin avec une peur primitive, héritée, comme s'il déambulait à travers un musée de l'extermination ou un immense camp de concentration ou un terrain miné – ce qui, me concernant, au cours de mes promenades, revenait strictement au même –, esquivant les monuments, les monolithes et les plaques commémoratives apposées aux façades ou encastrées dans les trottoirs, dévisageant les hommes les plus jeunes et les plus blonds et les habillant d'office en uniforme nazi, dévisageant les plus vieux et se demandant ce qu'ils ont fait, eux et leurs proches, pendant ces années-là, s'ils ont tué, s'ils ont participé, consenti, dénoncé, permis que cela arrive, s'ils ont dressé vers le ciel leur main droite, cette main droite qui aujourd'hui tient innocemment une canne ou un parapluie, au nom de la xénophobie et de la haine. Mais je n'ai rien répondu.

Peut-être Samuel a-t-il interprété mon silence comme une complicité ou une trahison, car il a relâché mon avant-bras et, reprenant sa marche dans la neige, m'a dit de ne jamais perdre de vue le fait que beaucoup, ici, nous considéraient toujours, pour citer les paroles d'Hitler, comme la tuberculose raciale des peuples. Deutschland über alles, s'est-il écrié avec toute l'emphase qu'il pouvait conférer à son mauvais allemand. Il a écarté les bras, embrassant tout ce qui nous entourait, et déclaré qu'il y avait bien longtemps que Dieu s'était retiré de Berlin. Puis il m'a interrogé sur mon grand-père polonais et, un peu désarçonné par sa question mais repensant aussi, sans savoir pourquoi, à l'enterrement de mon grand-père par une matinée pluvieuse, j'ai répondu qu'il était mort au Guatemala, des années plus tôt. Et d'après toi, Eduardo, que penserait-il s'il savait que son petit-fils non seulement vit actuellement à Berlin, mais travaille dans ce qui a jadis été l'un des sièges de la Luftwaffe de Göring, à Grunewald ? Un peu confus, je lui ai répondu que je ne voyais pas de quoi il parlait. Alors Samuel, avec délectation presque, m'a appris que l'actuel édifice du Wissenschaftskolleg avait autrefois abrité les bureaux de la Reichsluftschutzbund, la Ligue nationale de protection contre les raids aériens de la Luftwaffe. Tu vois, Eduardo, m'a soufflé le fantôme blanc qu'était Samuel dans la nuit, si ça se trouve, tu es en train d'écrire ton prochain livre dans le bureau de Göring.

Quand nous avons fini par nous arrêter, au bout de quinze minutes ou peut-être deux heures, je me sentais tellement épuisé et nauséeux que j'ai mis un certain temps à saisir que nous nous trouvions désormais dans un quartier beaucoup plus sombre, un quartier mal famé de Berlin, devant une porte peinte en noir. Au centre de la porte, il y avait un lourd heurtoir de bronze en forme de patte de lion, avec lequel Samuel a aussitôt frappé trois coups, comme un code secret. Fixée au-dessus de la porte, une enseigne lumineuse scintillait d'éclats rouges et roses. Die Seidenorchidee, lisait-on, en italique. L'orchidée de soie.

*

J'étais debout à côté de mon père, devant la fosse creusée dans la terre au fond de laquelle reposait le cercueil de mon grand-père. Une petite marquise en nylon, fragile, tendue au-dessus du trou, se balançait comme un hamac à chaque rafale de vent, et semblait sur le point de céder sous le poids de l'eau qu'elle retenait.

C'était un dimanche pluvieux, sous un ciel gris mat, et le cimetière juif peinait à contenir tous ces gens vêtus de noir, tous ces parapluies noirs. Trois messieurs en costume cravate contemplaient la scène depuis l'extérieur, à travers un grillage. À notre arrivée dans le cimetière, j'avais demandé à mon père qui étaient ces trois messieurs et ce qu'ils faisaient là, dehors, et il m'avait expliqué tout bas, tandis que nous marchions vers la fosse, que les juifs de la tribu des Cohen (les descendants mâles directs d'Aaron, le frère de Moïse, qu'on appelait cohanim), n'avaient pas le droit de pénétrer dans les cimetières juifs, de s'approcher d'un cadavre, ou d'être en contact avec la mort, car la mort, selon la loi talmudique, les aurait rendus impurs. De là venait la tradition consistant à déposer des pierres sur les tombes, m'a murmuré mon père en montrant du doigt les petites pierres que d'autres visiteurs avaient laissées sur les tombes voisines. Afin, m'a-t-il chuchoté, de prévenir de loin les hommes de la tribu des Cohen qui cheminaient dans le désert, de leur annoncer la présence de la mort. Mon père s'est tu et je n'avais plus envie de l'interroger. Je n'avais plus envie de parler. Je n'avais plus envie d'être là. Le deuil de mon grand-père polonais, je l'éprouvais et le portais au fond de moi, pas en public, au milieu de tant de personnes connues et inconnues vêtues de noir.

Le rabbin, un gros monsieur chauve avec une épaisse barbe rousse et hirsute, n'en finissait plus de scander je ne sais quelle prière en hébreu. Ma grand-mère était dans un fauteuil roulant, absente, droguée, un bandage couleur peau enroulé autour du genou gauche. Ma mère, aux côtés de ses trois frères, pleurait son père. Soudain, le rabbin a cessé de prier et le frère aîné de ma mère a fait un pas timide en avant. Sa chemise blanche était déchirée sur la poitrine, à l'endroit du cœur, fidèlement à l'antique coutume de deuil initiée par le patriarche Jacob, m'avait expliqué mon père au funérarium, lequel avait déchiré son vêtement lorsqu'on lui avait annoncé (pour le tromper) qu'un animal sauvage avait tué son fils aîné, Ruben ; et à l'image du roi David, avait continué mon père, quand il avait appris que son beau-père Saül et son ami et beau-frère Jonathan avaient péri lors d'une bataille ; à l'image de Job, avait conclu mon père, quand il avait su que dix de ses fils étaient morts ensevelis sous le toit effondré de sa propre maison. Mais malgré les trois exemples bibliques, parfaitement valides, exposés par mon père, je ne saisissais toujours pas la raison de ce geste si insolite, violent même, en vertu duquel un homme sensé se promenait avec une chemise blanche déchirée et effilochée, le cœur à découvert.

Le frère aîné de ma mère s'est accroupi avec difficulté. Il a ramassé une poignée de terre noire et l'a lancée sur le couvercle en bois du cercueil. Je n'avais jamais entendu un crépitement aussi sec et archaïque. Les deux autres frères de ma mère ont fait de même, l'un après l'autre, leurs chemises blanches pareillement déchirées. Chaque crépitement de la terre contre le bois résonnait tel un soupir guttural, douloureux, dont l'écho continuait de retentir, dans ce cimetière, parmi nous. Ma mère a failli tomber en se baissant et ses trois frères ont dû la soutenir et l'aider à lancer sa poignée de terre. Ses sanglots ont redoublé.

J'ai fermé les yeux, probablement pour ne pas voir pleurer ma mère, et pour que tout le monde croie que je priais ou souffrais en silence, même si, en vérité, je ne voulais plus rien voir. Alors, en un instant, les yeux toujours fermés, j'ai imaginé une vie entière. Mon grand-père enfant, dans une rue de Lódz, jouant aux dominos avec ses frères et ses amis. Mon grand-père adolescent, en tenue de prisonnier à Auschwitz, à Neuengamme, à Sachsenhausen près de Berlin. Mon grand-père adulte, décharné, émacié, les dents pourries d'avoir passé six ans dans des camps de concentration, voyageant d'abord de Berlin jusqu'à Saint-Nazaire, puis de Saint-Nazaire jusqu'à New York, où, avec ses maigres économies, il achetait un anneau de pierre noire symbolisant le deuil de ses parents, de ses frères et sœurs, de ses amis et de toutes les personnes assassinées dans les ghettos et les camps; puis, pour la simple raison qu'un de ses lointains oncles y avait émigré avant la guerre, de New York jusqu'à un Guatemala inconnu et inhospitalier. Mon grand-père entre deux âges, dans son usine de vêtements pour enfants du Pasaje Savoy, dans le centre de la capitale guatémaltèque, debout devant une énorme machine à coudre, une épingle entre les lèvres, un mètre ruban autour du cou, les manches de sa chemise retroussées, le numéro à cinq chiffres sur son avant-bras gauche désormais un peu délavé, indistinct et même presque oublié, sa couleur et sa puissance s'étant dissipées au fil des ans. Mon grand-père devenu grand-père, assis sur le canapé de son salon et prenant (toujours à la petite cuillère) des gorgées d'un café instantané plutôt dilué, et me disant tôt tard – tel quel, tôt tard, au lieu de tôt ou tard, comme si en apprenant l'espagnol il avait décrété que cette conjonction était superflue, ou compris que dans la vie tout incident, tout acte, tout geste arrivait à la fois trop tard pour les uns et trop tôt pour les autres, ou comme si le passé et l'avenir pour lui n'existaient pas séparément, ni aux deux extrémités opposées de la ligne du temps, ni de part et d'autre d'une conjonction, mais unis en un même souffle brûlant. Mon grand-père gisant sur le dos dans l'obscurité du cercueil, vêtu d'une ultime tunique blanche, enfin en paix dans ce linceul de lin qu'était son ultime tunique blanche, mais sursautant chaque fois que le bois du couvercle grondait au-dessus de lui.

J'ai senti bouger mon père. Ouvrant les yeux, je l'ai trouvé à moitié accroupi, lançant une poignée de terre dans la fosse. Puis il a repris sa place à côté de moi, s'est penché à mon oreille et, tout bas, m'a ordonné de faire de même. C'était à moi. J'étais l'aîné des petits-fils de mon grand-père. C'était mon devoir. Mon tour de participer et d'aider à l'enterrer, littéralement. Mais je suis resté immobile, comme paralysé, jusqu'à ce que je parvienne à bafouiller à l'intention de mon père que je ne le ferais pas. Il a relevé la tête. Tous ont relevé la tête.

Je ne peux pas.

Je me suis à peine entendu dire ces mots.

Comment ça, tu ne peux pas?

Je ne peux pas, ai-je répété.

Ma poitrine était en feu. Ma bouche était en feu. Un murmure est peu à peu monté parmi les gens, parmi tous ces proches et ces amis et ces inconnus et ces associés et employés de mon grand-père qui me contemplaient à présent avec un mélange de fascination et de perversité (comme qui découvre une cicatrice en travers du poignet de quelqu'un). Ils ne comprenaient pas que je refuse de prendre part à cette tradition, à ce spectacle. Encore que je n'en sois pas si sûr – certains le comprenaient peut-être mieux que moi.

Mon père s'est tourné vers moi. Son front était perlé de sueur ou peut-être de pluie.

Lentement, avec discrétion, il m'a dit quelque chose dans un souffle de voix que personne d'autre n'a pu entendre ni comprendre. Non pas à cause de son ton retenu et quasi inaudible, mais parce qu'il l'avait dit dans une langue que nous étions les seuls à parler, lui et moi. Une langue privée, secrète, de père et de fils. Alors j'ai fait deux pas en avant, je me suis penché pour plonger mes doigts dans le monticule de terre noire et humide, et j'ai laissé tomber une boule de boue sur mon grand-père.

*

Tu veux le voir ?

Une main glissée sous le pan de sa veste en simili cuir, il cherchait quelque chose et j'ai mis du temps à comprendre qu'il proposait de me montrer le Luger, possiblement le même, qu'il avait conservé et entretenu toutes ces années et qui se trouvait à présent au fond de son étui, sous cette veste en simili cuir. Samuel, ai-je présumé non sans une certaine appréhension, était le genre d'homme qui se promène toujours avec une arme sur lui. Mais alors, il a ressorti sa main, l'a braquée sur moi, en forme de pistolet, et, en disant pan

pan, m'a tiré deux balles en pleine poitrine. Puis il a soufflé l'invisible fumée qui sortait du canon de son index, en laissant échapper un rire blagueur et gras qui m'a fait l'effet d'un gloussement de coq.

JE m'étais enfui sans but. Sans savoir où j'allais. Sans même réfléchir. Sur une impulsion, la même peut-être que celle qui m'avait poussé à m'enfuir pendant la promenade et le sermon de Samuel le long du ruisseau ; la même que celle qui m'avait fait fuir la maison et l'orbite de mes parents. Bien que les événements de ce jour-là demeurent furieusement limpides et frais dans ma mémoire (je peux encore voir, éprouver et même sentir l'odeur de tout cela, quasiment minute par minute, comme si ce qui s'est passé alors et ce qui devait m'arriver par la suite avaient eu lieu hier), je ne comprends toujours pas pourquoi je suis parti en courant vers l'intérieur des bois. Tout ce que je peux dire, c'est que, appuyé contre le tronc du grand arbre sans âge, à contempler le campement derrière nous, j'ai soudain été submergé par la sensation profonde et catégorique qu'il fallait m'échapper, que je ne pouvais pas rester là. Sans doute y a-t-il certaines personnes qui, face à l'adversité, choisissent de se battre, et d'autres, plus lâches, qui s'enfuient dans la forêt.

J'ai couru jusqu'à ce que je n'entende plus les cris et les bruits de pas derrière moi, et je me suis rendu compte que j'étais tombé sur le sentier qui gravissait la montagne. J'ai songé qu'en continuant de monter le long de ce sentier, je finirais par atteindre la prairie où nous avions passé toute une journée avec Samuel à apprendre et à pratiquer les techniques de survie. Je connaissais le chemin et je connaissais bien cette prairie, une prairie également fréquentée par des campeurs, qui pourraient m'aider et téléphoner à mes grands-parents, peut-être même me ramener en ville. Et puis, nous y avions laissé un abri de branches et de feuilles, avec un toit en écorce de cèdre, qui pourrait me servir s'il se mettait à pleuvoir ou si la nuit me surprenait et que j'étais contraint de dormir dehors.

Je me suis lancé à l'assaut de la pente, l'étoile jaune toujours fixée à mon bras gauche, à hauteur du cœur. Mais bientôt, la forêt s'est refermée sur moi, le sentier a disparu sous mes pieds, et j'ai erré comme un somnambule au milieu des arbres.

*

J'ai débouché sur un terrain aride où poussaient en désordre des plants de maïs, des lianes et quelques arbres couverts de fruits jaunes qui devaient être des nèfles ou des cirouelles. Un homme en bottes et chapeau de vacher arpentait le terrain, s'écartant tout juste pour éviter troncs et arbustes. Il tenait dans chaque main une fine baguette verdâtre, à moitié tordue, ses deux baguettes pointées vers l'avant telles des épées. Il ignorait que j'étais là à l'observer de loin, ou s'en fichait. Il n'a même pas levé les yeux dans ma direction. Sa démarche zigzagante, incertaine, m'a d'abord fait croire qu'il était ivre. Puis j'ai pensé que c'était un aveugle et que ces deux baguettes à moitié tordues étaient ses cannes. Mais en m'approchant j'ai compris qu'il n'était ni ivre ni aveugle, qu'il avait les yeux fermés et qu'il avançait à tâtons, se laissant guider par ces deux baguettes qui tremblaient et s'arc-boutaient légèrement dans ses mains pour lui indiquer le chemin. J'ai repris mon ascension d'un pas rapide et apeuré.

*

Au loin, de l'autre côté d'une ravine, une succession de petits arbres sombres ponctuait le flanc de la montagne, ordonnés comme une meute. Parmi eux marchait un jeune paysan en sandales de cuir et de caoutchouc, vêtu d'un pantalon de lin blanc et d'une vieille chemise à boutons, trop grande pour lui. Il avait quelque chose sur le front, sur toute la largeur du front, qui ressemblait à un ruban adhésif ou à un bandage médical, usé et crasseux. Le garçon portait sur son dos un fagot de bûches, lié avec une corde en fibres d'agave, dont tout le poids, ai-je fini par comprendre, était supporté par son front, grâce à ce large bandage qui était le prolongement de la corde d'agave. Je l'ai regardé marcher depuis l'autre bord, jusqu'à ce qu'il se noie pour de bon, avec son fagot de bûches, dans la verdure de la montagne. Il devait avoir mon âge.

*

Une jeune Maya était agenouillée devant un pied de caféier, les bras écartés, paumes vers le ciel. La peau de son visage se confondait avec la couleur de la terre. Elle mastiquait lentement quelque chose, avec abandon. Sur son épaule gauche, émergeant quasiment de la chair de son épaule, on distinguait le visage pâle et rond d'un bébé, à moitié endormi et bien calé dans le dos de la femme par une couverture tissée dans des tons allant du bleu ciel au bleu vert. Par terre, à côté de ses pieds, étaient posés une calebasse, qui contenait peut-être de l'eau ou de l'atol de maïs ou de bananes, et un panier en roseau plein des fruits rouge cerise du caféier. Soudain, la jeune Maya a porté la main à sa bouche, en a retiré ce qu'elle était en train de mastiquer et a entrepris de fourrer cette petite pelote verdâtre dans la bouche du bébé, tel un oiseau donnant la becquée à son oisillon. Puis, levant la tête, elle m'a découvert caché derrière un tronc d'arbre, et m'a crié une insulte dont je n'ai pas compris le sens mais qui m'a forcé à m'enfuir précipitamment à travers les broussailles. Je me suis retourné une dernière fois. L'Indienne était toujours au même endroit, à genoux, déchaussée, ses bras sombres et raides de nouveau écartés, comme si elle adressait des prières à quelque chose, peut-être bien au pied de caféier.

*

Un petit animal marron a surgi en courant devant moi avant de disparaître parmi les arbustes. Une musaraigne, me suis-je dit, dans un sursaut. Mais il pouvait aussi s'agir d'un tepezcuintle.

*

Je suis passé devant une croix improvisée à l'aide de deux vieux bouts de bois. Elle était solidement plantée au milieu du pâturage, marquant l'endroit exact de la montagne où, un jour, quelqu'un était tombé mort. Sur l'un des bouts de bois, quelqu'un d'autre avait gravé au couteau un nom désormais illisible, oublié.

*

Croyant entendre l'écoulement doux d'un ruisseau, j'ai redescendu la pente, à sa recherche. Mais quand j'ai senti une atroce puanteur, je me suis dit qu'une famille de sangliers devait rôder près du cours d'eau et qu'il valait mieux remonter au plus vite sous le couvert des arbres.

*

Je me suis arrêté le temps de reprendre mon souffle. Posant la main sur une branche, j'ai senti quelque chose me piquer le pouce et j'ai retiré précipitamment la main sans savoir si j'avais été piqué par une abeille ou un taon, un scorpion ou une araignée venimeuse (naturellement, j'ai imaginé les crocs à venin d'une énorme tarentule). Mon pouce a aussitôt rougi et enflé.

*

Il s'est mis à tomber une bruine noire, éthérée, qui ne mouillait pas, et, continuant ma marche, j'ai mis quelques secondes à comprendre qu'il s'agissait de minuscules flocons de suie. Un paysan qui brûlait ses ordures en pleine forêt. Ou un propriétaire terrien de l'Altiplano qui incendiait son champ de canne à sucre en vue de la récolte.

*

J'ai cru distinguer au loin le bruit d'une hache taillant du bois et je suis parti dans cette direction, rempli d'espoir, jusqu'à ce que j'entende ce qui m'a semblé être la détonation d'une arme à feu dans l'indolence de l'après-midi, puis plus rien. Je suis resté pétrifié, comme si la balle risquait de détecter le moindre de mes mouvements et de changer de trajectoire dans les airs pour venir me trouver sous les arbres et me tuer. Mon unique crainte avait d'abord été de poser le pied sur un serpent venimeux, un cantil, un serpent corail, un fer de lance ou un serpent à sonnette parfaitement camouflé dans la pierraille et les feuilles mortes. J'éprouvais désormais d'autres craintes.

*

Je me suis hâté de revenir sur mes pas, rempli d'effroi, croyant toujours entendre dans les bois l'écho de la détonation. J'ai essayé de retrouver l'enfant avec son fagot sur le dos, ou l'homme avec ses deux baguettes et ses bottes de vacher, ou la jeune Maya adressant ses prières au pied de caféier, pour que l'un d'eux m'aide à me repérer, vienne à mon secours. J'ai essayé aussi de trouver un sentier qui mènerait au bas de la pente, vers le ruisseau ou, avec un peu de chance, le campement. Mais il n'y avait aucun sentier. Il n'y avait personne. Cela faisait des heures – deux, trois, peut-être plus – qu'il n'y avait personne.

*

Le soleil allait bientôt se cacher de l'autre côté de la montagne. On entendait déjà le crissement assourdissant d'une myriade de chauves-souris. C'est du moins ce que j'ai cru entendre. J'ai cru que toutes les chauves-souris de la forêt avaient surgi en même temps de leurs grottes et de leurs cachettes pour émettre ensemble un unique crissement suraigu et assourdissant.

*

J'étais désorienté, j'avais la tête qui tournait, je n'arrivais plus à réfléchir. Je me sentais faible. J'avais dormi deux ou trois heures à peine la nuit d'avant et les seuls aliments ingurgités ce jour-là avaient été une demi-cuillère d'une soupe couleur de beurre. Mon pouce me faisait de plus en plus mal, il avait pris une teinte entre vert pâle et violet. J'avais les pieds lourds, les jambes lourdes. La gorge en feu, à cause de la soif sûrement. Des bouffées de chaleur déferlaient sur moi, suivies de bouffées de froid, comme si j'avais de la fièvre. Est-ce que j'avais de la fièvre ?

*

La lumière avait perdu toute sa splendeur et les ombres commençaient à s'allonger. L'idée m'a traversé l'esprit que mon ombre désirait se séparer de moi, qu'elle ne voulait pas m'accompagner dans la montagne, et je me suis mis à lui parler tout haut pour la convaincre et la retenir encore un peu. Ombre, l'appelais-je.

*

Il m'a semblé entendre des bruits derrière moi et j'ai hâté le pas, non sans un soupçon de paranoïa, persuadé que quelqu'un ou quelque chose m'avait pris en chasse. J'ai continué de marcher ainsi, comme si je fuyais un poursuivant encore anonyme, jusqu'au moment où j'ai eu l'impression de repasser devant le même pâturage, puis devant le même arbre, un chêne vermoulu au tronc scindé en deux à la manière d'une gigantesque fourche, et j'ai compris que je tournais en rond. Je m'étais perdu.

Je me suis laissé tomber au pied de l'arbre, en position fœtale, et j'ai fermé les yeux pour faire disparaître la forêt tout entière ou le monde tout entier et, en pleurs, je me suis endormi.

*

J'ai rêvé de mon père. Bien des années ont passé, et s'il m'est impossible de me remémorer les détails de ce rêve aussi bref que fébrile, je me souviens clairement de ses images, de ses mots, de son intensité, de son goût même. Il y a des rêves qui laissent un goût. Il y a des rêves qui ne nous abandonnent jamais, comme si, toujours endormis, nous continuions de les rêver pendant le reste de notre vie.

J'ai rêvé que nous marchions, mon père et moi, dans des bois baignés de lumière. Il portait un pantalon noir, une veste noire, une cravate noire et un chapeau noir. Petit, je le contemplais d'en bas et lui demandais où nous allions. Mais mon père, le pas ferme, l'expression sévère, le regard toujours droit devant, ne me répondait pas. Il ne me disait rien. Pris de peur, je glissais ma main d'enfant dans sa main de père et sa main à présent n'était plus la sienne et mon père n'était plus mon père mais un inconnu. Nous continuions de marcher parmi les arbres et je demandais à l'inconnu où était passé mon père, et l'inconnu me regardait d'en haut pour la première fois et, sans s'arrêter, me disait qu'il était mon père, qu'il avait toujours été mon père, et alors je me suis réveillé.

J'ignore combien de temps les deux hommes étaient restés plantés là, machette à la main, à m'observer.

PARABELLUM, a dit Samuel lorsqu'il a eu fini de rire. C'est ainsi que s'appelait le Luger.

Une autre très jeune Thaïlandaise, vêtue de la même minijupe en toile et du même débardeur, a surgi du rideau de perles avec deux verres de rhum sur un petit plateau. Elle était accompagnée d'un homme qui semblait lui aussi être thaïlandais, et qui a fait demi-tour aussitôt pour retraverser le rideau de perles. J'ai commencé à me demander ce qu'il y avait de l'autre côté de ces perles de plastique vert. Je n'arrivais pas à déterminer si nous nous trouvions dans un bar (les murs peints en rose pâle, les airs de flûte de pan en fond sonore, les spots de discothèque, la boule à facettes suspendue au plafond) ou dans une cafétéria (le grand menu plastifié sur la table à côté d'une bougie blanche éteinte, les odeurs d'ail frit, de sauce de poisson, de vanille et de citronnelle), ou dans un salon de massage thaïlandais possiblement clandestin (l'autre menu plastifié sur la table, mais moins grand, avec des images de femmes posant à demi nues ; 30 Minuten für 30 Euro, écrit à la main tout en bas, en lettres fleuries). Peut-être toutes ces choses à la fois, ai-je songé, comme s'il s'agissait d'un questionnaire à choix multiples, et je suis resté là à regarder s'approcher la jeune fille qui a souri en déposant devant nous deux petits verres, du genre tumbler ou chato, à moitié remplis d'un rhum sirupeux couleur miel, spécialité thaïlandaise, m'avait expliqué Samuel après que nous nous étions assis et qu'il en avait commandé d'office pour nous deux, un rhum qu'on appelait SangSom. Je n'avais pas encore terminé le premier.

Si vis pacem, para bellum, a-t-il déclamé d'une voix rauque et dilatée, à croire qu'il avait la bouche pleine de gravier.

La porte principale s'est ouverte, laissant entrer une bourrasque de nuit, d'air glacial et de flocons de neige, ainsi que deux hommes d'un certain âge engoncés dans des manteaux de laine bleu marine. L'un d'eux portait des lunettes dignes d'une caricature, à la monture noire et ronde, d'une épaisseur exagérée, si bien qu'en le contemplant avec stupéfaction, j'ai imaginé qu'il s'était échappé d'un cabinet d'ophtalmologie, en pleine consultation. Les deux hommes ont descendu les marches (nous nous trouvions dans une espèce de cave ou de sous-sol aveugle), ont ôté leurs manteaux de laine, desserré un peu leur nœud de cravate et sont allés s'asseoir à une table dans un renfoncement.

Un type comme toi connaît forcément cette maxime latine, non ? a déclaré Samuel d'un ton maintenant arrogant, sans me laisser répondre. Si tu veux la paix, prépare la guerre, a-t-il traduit. Phrase attribuée à tort à Jules César, a-t-il poursuivi, et qu'on doit en réalité à Végèce, auteur romain de traités militaires. Samuel a posé les coudes sur la table, il s'est penché en avant et, est-ce à cause de son expression, de son regard qui changeait de bleu, j'ai cru qu'il allait me jeter le reste de son rhum à la figure. Puis j'ai songé qu'il chérissait trop son rhum pour le gaspiller dans un geste aussi irrationnel. Si tu veux la paix, prépare la guerre, a-t-il répété plus lentement, s'arrêtant à la fin de chaque mot, faisant en sorte que chaque mot voyage seul vers l'autre côté de la table. Mais ça, a-t-il murmuré dans une haleine de mort, quelqu'un comme toi ne peut pas le comprendre.

Je me suis redressé sur ma chaise, m'éloignant le plus possible de lui, de son arrogance et de son haleine de mort.

C'était donc ça que tu faisais, Samuel ? Préparer les enfants à la guerre ?

Une Thaïlandaise a surgi du rideau de perles, portant un immense plateau rond. Elle a marché pieds nus jusqu'aux Allemands en veste et cravate, et a posé sur leur table deux bols de soupe fumants.

Samuel, inquiet, peut-être aussi agacé par ma provocation, a attendu qu'elle se soit échappée dans cet autre royaume occulte et invisible, par-delà le rideau de perles.

Dis-moi, Eduardo, a-t-il chuchoté pour que personne n'entende, d'après toi, qui sort la nuit effacer et enlever tous les graffitis de croix gammées dans les rues et sur les façades ? Et qui s'occupe de toutes les menaces antisémites reçues par les juifs des communautés de Bogotá, de Buenos Aires ou de Mexico ? Qui se rend sur les marchés aux puces de Paris et dans les magasins d'antiquités, ici, à Berlin, pour débusquer et dénoncer ceux qui continuent en toute illégalité de tirer profit des reliques du IIIe Reich ? Qui, à ton avis, veille sur toutes les synagogues et les écoles juives, qui s'occupe des portes et des points d'accès, qui s'assure que, pendant la nuit, un putain de cinglé n'a pas posé une bombe sous un pupitre ou un banc de classe ?

Je connaissais la réponse. Mais je l'ai gardée pour moi.

*

Bita'hon. Sécurité en hébreu. Ainsi se nomme le service secret de sécurité et de renseignement des communautés juives, formé et dirigé par certains de leurs membres dans chaque pays – dans tous les pays –, bien que nul ne sache qui ils sont. Ce service est strictement clandestin. Et aussi strictement militaire. Ceux qui en font partie sont recrutés à l'adolescence dans le plus grand secret (sans même que leurs parents ne soient mis au courant), puis, pendant deux ou trois ans, préparés psychologiquement, mis à l'épreuve et formés aux techniques de renseignement, aux techniques antiterroristes et au combat au corps à corps, selon le système israélien de tactiques de lutte et d'autodéfense connu sous le nom de krav-maga.

Comme je devais l'apprendre longtemps après ce camp, Samuel, dans les années 1980, avait été l'un des dirigeants et soldats sud-américains les plus radicaux de Bita'hon. Certains affirmaient qu'il avait en outre été un militant du mouvement sioniste d'extrême droite Betar, fondé en 1923 par le letton Vladimir Jabotinsky. D'autres qu'il avait été formé par des agents du Mossad, l'agence de renseignement de l'État d'Israël en charge des missions clandestines d'espionnage et de contre-terrorisme à l'échelle internationale. Ou encore que, après son service militaire en Israël, il avait appartenu un temps à la Sayeret Matkal (également appelée Unité 269), principale unité d'élite de l'armée israélienne. Et d'autres, plus audacieux, racontaient qu'il n'avait pas fait partie de la Sayeret Matkal mais de la Shayetet 13, redoutable escadron des forces spéciales israéliennes dont les membres sont surnommés les hommes du silence, et dont la devise est la suivante : comme une chauve-souris surgissant des ténèbres, comme une lame qui tranche en silence, comme une grenade explosant de rage.

Ce jour-là, assis à un mètre de lui dans un bar ou peut-être un bordel thaïlandais de Berlin, à partir de ses réponses aussi cryptiques que succinctes, j'ai compris que Samuel Blum appartenait toujours à Bita'hon, qu'il était encore l'un de ses soldats et dirigeants. Même s'il ne me l'a jamais dit, évidemment, et ne l'aurait jamais reconnu. Mais je n'ai eu aucun mal à l'imaginer travaillant en secret avec différentes communautés juives, protégeant synagogues et écoles partout sur la planète, pourchassant et débusquant néonazis, antisémites et fanatiques extrémistes, formant des membres et de possibles recrues dans toute une série de villes latino-américaines et européennes, dont Berlin.

*

Pendant des années, j'ai cru qu'il s'était agi d'un mauvais rêve, lui ai-je dit brusquement au lieu de répondre à sa question.

Un mauvais rêve d'enfant, a-t-il répliqué d'un ton mordant.

C'est ce que nous étions, Samuel : une bande d'enfants. Certains ne veulent ou ne peuvent toujours pas parler de ce jour-là. D'autres l'ont tellement refoulé qu'ils ont fini par l'oublier. Bon nombre d'entre nous ne l'ont pas supporté.

Comme toi, m'a-t-il lancé telle une flèche.

Oui, comme moi, mais d'autres enfants aussi, des instructeurs et même certains parents, ai-je ajouté, allusion aux menaces de poursuites lancées par un groupe de parents – dont les miens – lorsqu'ils avaient appris avec stupéfaction ce qui s'était passé dans les bois ce jour-là.

Samuel a fait une moue mi-dédaigneuse, mi-hautaine. Il souriait à moitié : un sourire triomphal, un sourire plein du même orgueil et de la même arrogance que des décennies plus tôt, un sourire qui continuait de se moquer de moi et de tous les plus faibles qui, d'après lui, n'avaient pas supporté la chose.

Une Thaïlandaise a surgi du rideau de perles. Même si, à la regarder marcher lentement vers nous, il m'a semblé qu'il s'agissait plutôt d'un Thaïlandais portant une tenue et un maquillage féminins. Ou d'une femme thaïlandaise avec les traits, la fine moustache et même la démarche d'un homme. Quoi qu'il en soit, elle était vêtue de ce que j'ai supposé être un costume traditionnel de son pays, très élégant, en soie rouge et jaune, orné de chaînes en paillettes dorées. Et tandis que j'essayais encore de deviner s'il s'agissait de la gérante des lieux ou de la propriétaire ou de la maquerelle, elle a finalement atteint la table d'à côté, s'y est assise sans même nous regarder et a entrepris de disposer sur la nappe des cartes à jouer en rangées bien droites, toutes retournées. Il m'a fallu un moment pour comprendre qu'il ne s'agissait pas de cartes à jouer, mais de cartes de tarot.

Samuel me souriait toujours. Une veine solitaire, d'un gris de plomb, palpitait sur sa tempe.

Et toute cette violence était nécessaire ? lui ai-je demandé.

Indispensable.

Et il était indispensable aussi de nous faire saigner ?

Personne n'a saigné.

Plusieurs d'entre nous ont saigné, ai-je rétorqué. Tu as fait tomber un enfant en arrière et il est resté couché là, inconscient. Tu as écrasé la tête d'un autre contre le sol.

Il ne s'est rien passé de tel, a-t-il déclaré calmement, avec acrimonie ou sincérité, impossible de le savoir. Mais peu importe, a-t-il poursuivi. Verser un peu de sang ne fait jamais de mal.

Alors j'ai empoigné mon verre de rhum et avalé une trop longue gorgée, puis je me suis mis à interroger Samuel.

*

Je l'ai interrogé sur les uniformes des instructeurs et il m'a dit qu'il s'agissait de simples uniformes d'ouvriers, taillés dans un polyester noir et dense, et qu'on avait envoyé quelqu'un les acheter dans une petite usine textile de l'avenue Petapa spécialisée dans la confection de tenues et de vêtements professionnels.

*

Je l'ai interrogé sur le drapeau nazi hissé ce matin-là dans la clairière au milieu des bois et il m'a dit qu'il ne s'était rien passé de tel, que je l'avais inventé ou m'en souvenais de travers, qu'aucun d'eux n'aurait jamais osé hisser un drapeau nazi à cet endroit.

*

Je l'ai interrogé sur les brassards ornés de croix gammées et les brassards ornés d'étoiles jaunes et il m'a dit que c'était une couturière du centre-ville qui les avait confectionnés, une dame âgée et assez mal informée qui, pour réaliser ces deux motifs, s'était inspirée de photographies qu'on lui avait fournies. Il avait lui-même, a ajouté Samuel en guise de coda, choisi ce modèle de brassard en toile blanche avec une étoile jaune, pour rendre hommage aux enfants du ghetto-camp de concentration de Terezín, près de Prague, baptisé Theresienstadt (et j'ai aussitôt imaginé l'un de ces brassards autour du bras gauche du fils de Bedrich Fritta, célèbre peintre de Theresienstadt qui avait réalisé et offert à son fils un livre d'images intitulé *Pour Tommy, à l'occasion de son troisième anniversaire à Terezín, le 22 janvier 1944* : un ouvrage unique, très beau, que Fritta était parvenu à sauver en l'enterrant dans un endroit secret du camp, avec d'autres encres et aquarelles clandestines, la nuit avant d'être interrogé par Adolf Eichmann, déclaré coupable d'avoir fait sortir en contrebande ses illustrations interdites et macabres représentant des prisonniers, et expédié par le train à Auschwitz, où il avait trouvé la mort ; son fils et quelques-unes de ses œuvres ont survécu).

*

Je l'ai interrogé sur le serpent rouge dans la grande poche de son imperméable, lui ai raconté la tarentule imaginaire, furtive, que j'avais cru voir marcher sur son avant-bras gauche, et il a à peine réagi.

*

Je l'ai interrogé sur la musique du quatuor à cordes au petit jour et il m'a dit qu'il ne s'agissait pas d'un quatuor à cordes mais d'un trio de Chostakovitch pour violon, violoncelle et piano, dont le quatrième mouvement, intitulé « Danse de la mort », avait été écrit par le compositeur russe à la fin de la guerre, à partir de gammes et de mélodies traditionnelles juives, tant il avait été bouleversé par l'histoire de ces soldats nazis forçant les juifs à danser, devant leur tombe, une ultime danse, une danse de la mort, avant de les assassiner.

*

Je l'ai interrogé sur les autres instructeurs et il m'a dit que cette expérience lui avait permis de recruter quelques bons membres et soldats. Il n'a pas dit – n'a pas eu besoin de le dire – membres et soldats de Bita'hon. Alors, traçant rapidement une ligne entre deux ou trois points mentaux, j'ai compris que Regina avait été l'un de ces bons membres et soldats.

*

Je l'ai interrogé sur l'instructrice très jeune et très blonde qui, après s'être disputée avec lui ou lui avoir réclamé quelque chose, avait enlevé son brassard et son uniforme noir et était allée s'enfermer dans une cellule de chaux, et il m'a répondu d'un ton laconique, sinistre, qu'on s'était occupé de son cas et de celui d'autres dissidents.

*

Je l'ai interrogé sur les cellules de chaux et Samuel m'a déclaré sans hésiter que les barreaux, pour un prisonnier juif, se trouvaient davantage dans son esprit que devant lui.

*

Je l'ai interrogé sur le langage belliqueux et antisémite qu'ils avaient employé avec les plus petits, et Samuel m'a raconté l'histoire du pogrom de Kichinev, qui avait duré trois jours d'avril 1903, au cours desquels quarante-neuf juifs avaient été massacrés (quarante-neuf cadavres alignés sur le dos dans l'une des rues du quartier juif, en attente de funérailles, enveloppés déjà dans leurs quarante-neuf châles de prière), des centaines d'enfants juifs tabassés et des centaines de femmes juives violées par une horde de Russes persuadés, suite aux mensonges de deux journaux antisémites, que les juifs de Kichinev avaient sacrifié un enfant chrétien, à une cinquantaine de kilomètres plus au nord, et s'étaient servi de son sang pour élaborer la matza en vue de la fête de Pessah. Alors, après avoir entonné en hébreu la première question du Séder de la fête de Pessah (en quoi cette nuit se distingue-t-elle de toutes les autres nuits ?), Samuel m'a déclaré avec gravité que les enfants juifs devaient apprendre le plus tôt possible à se défendre contre les agressions physiques et les attaques verbales. Ils doivent apprendre le plus tôt possible, a-t-il ajouté, que tous les autres sont antisémites, que le monde entier tourne autour de cette haine immémoriale.

*

Je l'ai interrogé sur la machine à tatouer et le flacon d'encre, et il m'a d'abord dit qu'on les avait exposés sur cette table uniquement pour l'effet (tout comme le Luger pendu à sa ceinture). Mais ensuite, il a tendu la main gauche tout en remontant, de la droite, la manche de sa veste en simili cuir pour me montrer un petit tatouage vert déjà à moitié effacé sur son avant-bras, à côté du bracelet en or. Je me le suis fait moi-même avec cette machine, a-t-il dit. C'était le numéro de ma grand-mère.

Les deux hommes portaient des uniformes militaires, mais des uniformes militaires qui détonnaient. Ils n'étaient pas pareils. Et le vert camouflage des pantalons n'était pas assorti au vert des chemises, ni à celui des bérets. On avait l'impression que chacun des vêtements et accessoires qu'ils portaient avait été emprunté ou volé à différents soldats, de différentes armées. Leurs bottes, noires et usées, n'étaient pas assorties non plus. Tous deux avaient sur le visage les pâles résidus de ce qui ressemblait à de la peinture verte, comme si cette peinture verte avait peu à peu été délavée par la pluie et la sueur. Tous deux portaient une vieille gourde en aluminium à la ceinture et un fusil en bandoulière. Tous deux tenaient dans une main une machette qu'ils venaient certainement d'utiliser pour se tailler un chemin à travers les broussailles, et dans l'autre une énorme pioche, grossière, dont ils s'étaient servis ou allaient bientôt se servir pour enterrer quelque chose ou quelqu'un. Les deux hommes étaient des Mayas, mais l'un avait la peau beaucoup plus foncée.

Je me suis redressé et assis le plus vite que j'ai pu en essuyant mes larmes sur la manche de mon T-shirt.

Qu'est-ce que tu fais là, m'a demandé l'homme à la peau plus sombre dans un espagnol approximatif, avec un fort accent maya. Assis par terre, je n'ai rien trouvé à dire. J'ai tenté de me relever.

Reste assis, bien tranquille, m'a lancé l'autre avec la sérénité de qui a l'habitude qu'on obéisse à ses ordres. Sa voix m'a fait l'effet d'une voix d'enfant, haut perchée. Une voix flûtée. Trop aiguë pour sa silhouette si masculine. J'ai pensé qu'il était l'aîné des deux hommes, et le plus responsable. Je l'ai vu faire un pas en avant, laisser tomber sa pioche, et, s'appuyant sur sa machette comme sur une canne, il s'est accroupi près de moi. Il avait le visage couvert de poussière, de crasse et de petits poils noirs, et sa main était bandée avec quelque chose de vert sombre qui pouvait être une feuille de bananier.

Il est muet, a dit l'homme à la peau

foncée, toujours debout, et il a jeté sa pioche à côté de l'autre.

Peut-être qu'on a coupé sa langue à la machette, a dit celui qui était accroupi en fendant l'air de la sienne. Les deux hommes ont éclaté de rire et j'ai failli ouvrir la bouche pour leur montrer que j'avais encore ma langue mais heureusement je ne l'ai pas fait.

C'est quoi ton nom ? m'a demandé l'homme à la peau plus sombre.

J'étais sur le point de le lui dire quand quelque chose m'a soufflé qu'il ne valait mieux pas, et je lui ai donné le premier nom qui m'est passé par la tête.

Juan Sandía, ai-je bredouillé.

*

C'est ainsi que nous appelions celui qui était depuis toujours le jardinier et le chauffeur de mon grand-père polonais. Il s'appelait en réalité Juan Sandino mais mon frère et moi l'appelions Juan Sandía. Juan Sandía nous fascinait : la manière qu'il avait de zozoter, ses dents en or, ses cheveux noirs et hérissés de porc-épic, son annulaire droit. Nous aimions regarder cet annulaire droit sur le levier de vitesses et demander à Juan Sandía de nous raconter l'histoire – ou les histoires, car il en existait plusieurs versions – de comment et où il en avait perdu la dernière phalange. C'est lui qui, quelques jours plus tôt, était venu nous chercher à l'aéroport avec mon grand-père et nous avait conduits jusqu'à Santa Apolonia, roulant si lentement sur la route de l'Altiplano que je me rappelle avoir vu des papillons blancs entrer par la vitre ouverte de mon côté puis ressortir par celle, ouverte elle aussi, du côté de mon frère. C'est lui qui m'avait appris à faire une frappe enroulée avec un ballon de football, à éplucher une mandarine d'un seul tenant, à bien faire les annonces de la loterie mexicaine (la sirène, chantait Juan Sandía, la petite sirène est joueuse, voilà qu'elle court, on aperçoit en mer son demi-corps de petite dame), à manœuvrer le volant de la voiture assis sur ses genoux, à trouver dans la boue ces larves de coléoptères qu'on appelle des poules aveugles et, au dos des feuilles, des scarabées rhinocéros noir et jaune, à attraper des cigales sur les plus hautes branches d'un saule pleureur en fixant une cuvette au bout d'une longue perche. Et c'est également lui qui, conformément à une antique tradition maya, avait mis en terre mon cordon ombilical.

C'est du moins ce qu'il me racontait. Que quelques jours après ma naissance, il était entré dans ma chambre et avait trouvé sur le matelas de mon berceau le dernier petit bout de cordon ombilical qui venait de se détacher de mon nombril (muxu'x, en kaqchikel). Qu'après l'avoir proposé à ma mère – j'imagine sans mal ma mère dévisageant Juan Sandía avec étonnement et lui disant que les juifs enterrent le prépuce, pas le cordon ombilical –, il l'avait transporté jusqu'à son village dans un sac plastique, avait attendu la pleine lune et, cette nuit-là, avait enterré mon cordon ombilical sur son lopin semé de maïs au bord d'une rivière. Et que par conséquent, me disait Juan Sandía, là, dans la rive boueuse de je ne sais quel cours d'eau de je ne sais quel village guatémaltèque, entre les plants de maïs et les buissons de haricots, aux côtés des cordons ombilicaux de ses ancêtres, de ses enfants et de ses petits-enfants, mes racines étaient désormais plantées à tout jamais.

*

Le garçon dit qu'il s'appelle Juan Sandía, a grommelé, moqueur, l'homme à la peau plus sombre. Et tu t'es échappé, Juan Sandía ?

m'a-t-il demandé, et je lui ai répondu que oui d'un hochement de tête, et il n'a plus posé de question. Mais ce nom, prononcé avec son accent maya, a volé autour de moi pendant quelques secondes tel un moustique dans la forêt.

J'avais la bouche sèche, la gorge presque obstruée, ma poitrine était sur le point d'exploser. Ma main droite tremblait légèrement, sans que je sache si c'était à cause des nerfs ou de la piqûre sur mon pouce qui n'avait fait qu'empirer. Mon doigt n'était plus à présent qu'une masse rougeâtre, difforme. Au bord de l'ongle s'était formée une ampoule blanche remplie de pus.

L'aîné des deux hommes a décroché sa gourde et défait le bouchon de liège, il a bu une petite gorgée rapide et, s'essuyant les lèvres sur la manche de sa chemise verte, il a fait une moue comme si ce qu'il venait de boire avait un goût trop aigre.

Vous avez de l'eau ? ai-je demandé dans un murmure.

Quoi ?

Vous avez de l'eau ?

Ça non, a-t-il répondu, puis il a craché par terre un gros crachat blanchâtre. Y a juste de l'eau bénite.

Ses mots avaient maintenant une odeur de désinfectant.

Toujours accroupi, il m'a gratifié d'un sourire plein de défi et m'a tendu la gourde qui, elle aussi, empestait le désinfectant. Mais j'ai secoué la tête et suis resté là à le regarder remettre le bouchon de liège et raccrocher la gourde à sa ceinture militaire, tout en écoutant les deux hommes se parler dans un espagnol truffé de mots qui m'étaient incompréhensibles, des mots mayas ou des mots de soldats.

Vous êtes des soldats ? ai-je finalement osé leur demander, mais ma voix s'est à peine fait entendre dans la forêt. Je n'ai peut-être parlé que pour moi. Ces deux hommes étaient des soldats. Ce que j'ignorais, c'est s'ils étaient des militaires ou des guérilleros.

Le plus âgé avait posé sa machette sur le sol et tenait à présent dans sa main une petite bourse en cuir marron, élimée, qu'il avait sortie de la poche de sa chemise. Ouvrant la bourse, il y a enfoncé les doigts et en a sorti une feuille de maïs séchée qu'il a étendue à plat sur la paume de son autre main. Il a enfoncé de nouveau les doigts dans sa bourse, en a tiré des fils sombres de tabac (ou ce qui m'a semblé être du tabac), a roulé une cigarette et l'a cachetée d'un coup de langue, avant de la lancer à son compagnon. Puis il a roulé une autre cigarette pour lui et l'a pressée entre ses lèvres tandis qu'il refermait la bourse de cuir et la remettait dans la poche de sa chemise. Les deux hommes ont allumé leurs cigarettes de maïs avec le même vieux briquet rouillé.

T'es américain, Juan Sandía ? m'a demandé l'homme toujours accroupi, ramassant sa machette et me soufflant au visage une bouffée de fumée aromatique et bleutée, et j'ai secoué la tête en répondant que non, que j'étais guatémaltèque.

Des papiers, t'en as ? J'ai continué de secouer la tête.

Des armes ? J'ai secoué la tête.

De l'argent ? J'ai secoué la tête.

Et t'es avec les méchants ? J'ai secoué la tête, même si je ne savais pas qui étaient les gentils et qui étaient les méchants.

La cigarette toujours coincée entre ses lèvres, il pointait maintenant sur moi son fusil, qu'il tenait de sa main enrubannée d'une feuille de bananier, l'index collé à la détente, et de son autre main, avec la pointe aiguisée de la machette, il a sondé mes flancs, ma taille et mon dos.

Tu vas seul, Juan Sandía ?

Ne sachant s'il fallait dire la vérité, je suis resté pétrifié, silencieux. J'ai remarqué, pendue à son cou, une étrange amulette noirâtre qui ressemblait à une figue déshydratée. Puis j'ai remarqué que la pointe de sa machette était maculée de taches sombres dont j'ai pensé qu'il s'agissait d'argile, puis de rouille, puis, à mieux y regarder, de sang séché.

Fais attention, m'a-t-il dit en me tapotant les jambes avec sa machette. On peut tomber sur un arrache-pied par ici.

Je ne sais pas ce que c'est, ai-je murmuré.

Quoi ? un arrache-pied ? a-t-il dit tout en continuant de me toucher les jambes, et j'ai fait oui de la tête. T'en fais pas, Juan Sandía. Mais regarde bien où tu mets les pieds.

Alors l'homme a écarquillé un peu les yeux et il a fait un bruit de bombe, et l'autre a posé le canon de son fusil par terre et fait mine de boiter, et les deux hommes se sont mis à rire et je ne savais pas très bien si je devais rire avec eux.

Et puis, a-t-il ajouté, redevenu sérieux, on dit qu'un tigre vit dans ce coin de la forêt.

Je savais qu'il n'y avait pas de tigres dans les montagnes de l'Altiplano, mais je savais aussi que les Mayas désignaient ainsi le jaguar.

J'ai relevé la tête, puis les yeux, et j'ai imaginé sans peine un jaguar tapi dans le feuillage dense, en train de nous traquer, nous observant de loin avec ses grands yeux jaune citron. Et j'avais encore le regard perdu dans l'impénétrable frondaison, guettant le motif à rosettes d'un improbable félin, quand tout à coup j'ai senti la pointe de la machette entre mes cuisses, fouillant, remontant et me caressant presque l'entrejambe, et j'ai brusquement serré les cuisses.

L'homme avait un sourire noir et rance.

C'est quoi ça? m'a-t-il demandé, désignant à présent et raclant du bout de sa machette l'étoile jaune sur mon bras gauche. J'ai ouvert la bouche, mais n'ai su quoi répondre. C'est quoi, putain? a-t-il crié, redressant son fusil pour me mettre en joue et raclant plus fort avec le tranchant de la machette, si bien que j'ai fini par murmurer que c'était juste un déguisement.

Jude, a-t-il lu de sa voix maya et enfantine, et ce mot, dans sa bouche, ne signifiait rien.

L'homme à la peau plus foncée marchait lentement autour de nous. Sa cigarette de maïs aux lèvres. L'index posé sur la détente. Le regard fixé sur moi. Même si l'homme semblait également attentif au moindre bruit ou à la moindre odeur dans l'air, comme s'il cherchait à sonder l'atmosphère au cas où, ai-je deviné, quelque chose ou quelqu'un serait à leurs trousses. De temps à autre, il levait la tête vers le ciel et lâchait un sifflement bref et mélodique, sans que je sache s'il imitait le cri d'un animal – le chant d'un oiseau ou le gazouillis d'un rongeur – pour l'attirer et le tuer, s'il communiquait avec d'autres compagnons dissimulés non loin de là dans la forêt, ou s'il était tout simplement en plein délire ou en proie à un épisode psychotique (la folie, pendant ces années-là, n'avait rien d'anormal). Soudain, l'homme a cessé de siffler, a cessé de marcher, et s'est immobilisé au milieu d'un cercle de terre noire et sèche. Se penchant vers le sol, il s'est mis à gratter la terre avec la pointe de sa machette pour creuser un trou. Puis il a porté deux doigts à sa bouche et, après avoir tiré une longue bouffée sur sa cigarette, l'a enfoncée dans le trou, verticalement, comme s'il la plantait dans la terre noire, tel un rejeton absurde, miniature, en feuille de maïs et fils de tabac. Et il l'a laissée là, bien droite, braises mourantes en haut, relâchant d'ultimes spirales, légères, de fumée blanche. Alors l'homme s'est redressé dans un grognement et a reculé d'un ou deux pas. Sans lâcher la machette, et me regardant bien en face, il a baissé un peu son pantalon de sa main libre, a sorti un pénis flasque et sombre, et a uriné sur la cigarette de maïs jusqu'à ce qu'elle s'éteigne. Une flaque d'ambre s'était formée sur la terre noire.

Je suis perdu.

Je l'ai dit d'une voix brisée, vaincue, et j'ai dû faire un effort pour contenir mon envie d'éclater en sanglots.

J'avais la nausée. J'avais à la fois très chaud et très froid. Ma main droite tremblait maintenant incontrôlablement, et l'idée m'est venue de m'asseoir dessus malgré la douleur, pour occulter ou du moins dissimuler un peu la panique qui s'emparait de tout mon corps. Je sentais encore la pointe de la machette qui raclait mon bras, piquait mon bras à la hauteur du cœur, quand tout à coup j'ai senti la bande de toile blanche se desserrer et l'étoile jaune est tombée sans bruit sur le sol.

Toujours accroupi, l'homme a mordu sa cigarette du bout des lèvres, tendu sa main de bananier pour ramasser l'étoile jaune et, le visage tout enfumé et crasseux, l'a fourrée dans la poche de son pantalon caca d'oie.

LA maquerelle pomponnée de la table voisine a applaudi une seule fois de ses mains d'homme et laissé échapper comme un bruit de triomphe, si bien que j'ai pensé qu'elle applaudissait Samuel et ce petit numéro à moitié effacé tatoué sur son avant-bras. Puis j'ai compris que, manifestement, elle était satisfaite de son avenir.

Pourquoi ? ai-je demandé à Samuel, sentant le picotement du rhum au fond de ma gorge. Mais j'ai compris, à ses traits impassibles, que c'était comme si je ne lui avais rien demandé. Pourquoi créer un camp de concentration pour des enfants ? ai-je insisté. Pourquoi obliger des enfants à éprouver ces souffrances et cette peur, à vivre ce cauchemar ?

Samuel me dévisageait maintenant avec hostilité.

Tu n'as jamais compris, a-t-il murmuré.

Non, ai-je répondu, je n'ai jamais compris.

Et je ne comprends toujours pas. Mais c'est pour ça que tu m'as téléphoné après toutes ces années et que tu m'as fait venir ici, non ? Pour enfin me l'expliquer.

Samuel a eu un sourire impatient, comme s'il attendait ce moment.

Tu connais l'histoire de Janusz Korczak et de ses orphelins ? m'a-t-il demandé, et je lui ai dit que je connaissais un peu l'histoire, oui, mais pas dans les détails. Alors Samuel a bu une longue gorgée de rhum, il s'est léché les lèvres pour ne pas en perdre une goutte et il était sur le point de me raconter l'histoire de Korczak et de ses orphelins quand une Thaïlandaise avec beaucoup de rouge à lèvres et l'allure d'une adolescente a surgi du rideau de perles pour s'approcher de notre table et, en même temps qu'elle allumait notre bougie blanche avec un briquet en plastique, elle a glissé à Samuel quelques mots en allemand qui m'ont fait l'effet de paroles lascives. Mais Samuel, l'air absent et sa main s'agitant maintenant trop près de la flamme de la bougie, ne s'est même pas tourné pour la regarder.

Sur le mur couleur chewing-gum proche de nous aboyait l'ombre d'un chien.

*

Nous partagions une cigarette en douce avec ma mère.

Fumeuse depuis son plus jeune âge – elle n'avait pas treize ans, m'a-t-elle confié un jour –, elle avait cessé de fumer quelques années auparavant lorsqu'on lui avait diagnostiqué un cancer du sein. Disons plutôt cessé de fumer pendant un moment. Ou cessé de fumer pendant un moment en public, car elle fumait toujours dans son coin, en cachette. Elle prétendait ne plus fumer, mais nous savions tous qu'elle continuait en secret, discrètement, de la même manière et avec la même émotion, je m'en rends compte aujourd'hui, que la gamine de treize ans. Elle fumait enfermée dans les toilettes. Elle fumait dans l'obscurité du sous-sol de son immeuble. Elle fumait dans la voiture. Elle s'inventait des rendez-vous et des choses à faire pour pouvoir sortir un moment de la maison, être seule et fumer. Elle gardait toujours un flacon de parfum à portée de main, glissé dans son sac ou dans la boîte à gants de sa voiture, en vain, cela va de soi, car l'odeur que laisse la fumée de cigarette sur les vêtements et les cheveux est aussi peu dissimulable que la toux. Mais personne ne lui disait rien. Ma mère faisait semblant de ne plus fumer, et nous faisions semblant de la croire.

Jusqu'à cette fin d'après-midi claire et froide de décembre, sous un ciel flamboyant typique de cette période de l'année au Guatemala, où je l'ai trouvée en train de fumer et de pleurer dehors, dans la rue, sur le trottoir en bas de son immeuble. Peut-être qu'elle ne pleurait plus, mais les traces de ses sanglots étaient encore visibles sur son visage émacié, dans son regard mouillé et perdu, dans sa posture de défaite. Elle était plantée là, épaules voûtées et bras croisés, tenant sa cigarette du bout des doigts et un cendrier de verre grossier dans l'autre main, inutile, puisque le cendrier demeurait propre et que le sol autour de ses pieds était jonché de flocons de cendres et d'un ou deux mégots écrasés. Il avait dû se passer quelque chose de marquant pour que ma mère s'aventure à sortir de sa cachette pour fumer à la vue de tous, en pleine rue ; une dispute avec mon père ou l'un de ses frères, ai-je supposé. Mais je n'ai pas voulu lui poser la question. J'ai juste tendu la main pour demander la cigarette et ma mère a souri avec l'espièglerie d'une petite fille prise sur le fait et m'a passé la cigarette, et nous sommes restés à discuter jusqu'à ce que les flammes aient disparu du ciel et que nous ayons terminé la seule cigarette que j'aie jamais partagée avec ma mère.

*

Janusz Korczak était le nom de plume du médecin polonais Henryk Goldszmit, grand éducateur et pédagogue, activiste social et aussi écrivain, comme toi, m'a dit Samuel d'un ton chargé d'insulte, comme si être écrivain constituait une tare ou une faiblesse. Fondateur et directeur, a-t-il ajouté, de l'orphelinat juif de Varsovie baptisé Dom Sierot, où, le 5 août 1942, à huit heures du matin, des soldats allemands ont débarqué pour emmener tous les enfants au camp d'extermination de Treblinka. Certains témoins rapportent qu'il y avait cent quatre-vingt-douze enfants, d'autres cent quatre-vingt-seize, d'autres encore deux cents. Quoi qu'il en soit, a soupiré Samuel, quelques jours plus tôt, Żegota, une organisation clandestine de la résistance polonaise, avait une nouvelle fois proposé à Korczak de lui procurer un refuge, et Korczak avait une nouvelle fois refusé. Il ne pouvait pas abandonner ses enfants, avait-il répondu, on n'abandonnait pas un enfant malade la nuit, on n'abandonnait pas des enfants en de pareils moments.

Samuel parlait les yeux rivés sur les deux Allemands en veste et cravate. Il clignait lentement des paupières, comme si ses yeux le faisaient souffrir.

Alors Korczak a dit aux presque deux cents orphelins de laisser le petit déjeuner qu'ils étaient en train de prendre et d'aller rapidement enfiler leurs meilleurs vêtements, de glisser un livre dans leur petit sac bleu ou d'emporter dans leurs bras une peluche ou l'un de leurs jouets préférés. Ils allaient se rendre tous ensemble dans une forêt, leur a-t-il dit pour les rassurer, où il y aurait des fleurs et des tas d'airelles sauvages, des ruisseaux à l'eau bien fraîche où se baigner. Une heure plus tard, par rangées de quatre, escortés par des soldats SS qui n'arrêtaient pas de hurler après eux et de les menacer avec leurs mitraillettes et leurs fouets, tous les enfants ont quitté l'orphelinat et, chantant des airs en polonais, ont parcouru les infectes rues obscures du ghetto de Varsovie avec leurs petits sacs bleus et leurs jouets préférés, toujours conduits par Korczak, qui chantait lui aussi et marchait en tenant la petite main d'un enfant dans chacune des siennes, jusqu'à ce que finalement la longue procession atteigne Umschlagplatz, où tous sont montés à bord des deux wagons à bestiaux qui devaient les emmener vers les chambres à gaz et la mort. Korczak est mort à Treblinka ce soir-là, avec ses enfants. Il ne les a pas abandonnés.

Les yeux toujours fixés sur les deux Allemands, Samuel a marqué une pause exagérément longue et dense, comme pour laisser cette image se projeter en noir et blanc sur le mur rose qui se dressait près de nous et s'assurer ainsi que, tous, nous la voyions, moi, les deux Allemands et la mère maquerelle à qui la fortune souriait mais aussi les serveuses ou les possibles prostituées thaïlandaises, alors je me suis tourné vers le mur et j'ai contemplé la scène granuleuse et floue de ces enfants marchant dans les rues dévastées du ghetto de Varsovie, un jouet dans les bras, n'importe quel jouet, leur unique et dernier jouet avant de mourir asphyxiés dans les chambres à gaz, et je contemplais toujours ces deux cents visages gris quand, tout à coup, je me suis rendu compte, à mon grand affolement, que là, au milieu de ce mur rose, parmi les autres enfants, un sac accroché dans le dos et son dernier jouet dans les bras, marchait également mon fils.

Korczak était un héros.

Samuel avait à présent les yeux plantés sur moi et j'ai senti qu'il me regardait pour la première fois.

Son histoire a été racontée dans des livres, des opéras et des pièces de théâtre, a-t-il poursuivi. Il y a des monuments et des statues de Korczak et de ses enfants à Treblinka, à Varsovie, à Hanovre, à Jérusalem. Il y a un film tiré de sa biographie, du réalisateur polonais Andrzej Wajda (film qui, comme je l'apprendrais par un après-midi clair et flamboyant, en partageant une cigarette avec elle, avait fait pleurer ma mère). Il y a une rue qui porte son nom à Kiev. Des astronomes de Crimée ont même baptisé un astéroïde en son honneur, le 2163 Korczak. Mais dis-moi une chose, Eduardo, a poursuivi Samuel en se penchant vers moi, et la pensée m'a traversé l'esprit que je n'avais même pas envie d'entendre sa question, qu'il aurait mieux valu m'éloigner de lui, du bar, de cette nuit et de tout le reste. Es-tu vraiment naïf au point de croire que les enfants juifs d'aujourd'hui sont capables de sentir et de comprendre ce qu'ont ressenti ces deux cents orphelins juifs en traversant à pied un ghetto, en montant à bord d'un train et en étant assassinés comme des chiens errants dans une chambre à gaz, rien qu'en lisant leur histoire ?

Je suis resté muet, une main agrippée à mon verre de rhum et l'autre soutenant et surveillant mon ventre (de peur, j'imagine, que la dispute ou l'angoisse ne provoque d'autres hernies, d'autres balles de ping-pong). J'aurais voulu poser des questions à Samuel. Lui demander si, de son côté, il était naïf au point de penser qu'un éducateur aussi éminent que Korczak aurait approuvé ses méthodes d'apprentissage. Lui demander si recréer un camp de concentration pour des enfants juifs n'était pas une sorte de pédagogie noire ou toxique. Lui demander, enfin, s'il pensait vraiment qu'on pouvait comprendre l'histoire rien qu'en enfilant un déguisement, en apprenant un scénario et en jouant le rôle d'un de ses personnages. Mais je ne lui ai rien demandé, et me suis contenté de regarder deux Thaïlandaises qui venaient de surgir du rideau de perles. On aurait dit des jumelles. Elles avaient toutes deux les cheveux très courts et portaient des chemisiers bleus, des talons hauts et des collants zébrés. Elles dansaient devant le rideau de perles, lentement, à moitié enlacées.

Après avoir vidé son verre comme si cette

dernière gorgée n'était pas de rhum mais d'essence, Samuel m'a craché avec ardeur :

Tu ne sentiras pas la douleur si tu te contentes de lire des choses sur elle dans un de tes livres, puis il a abattu sa paume sur la table et j'ai imaginé un juge et son maillet prononçant ma sentence.

D'accord, lui ai-je lancé avec emportement (l'emportement n'étant pas, on le sait, synonyme de courage). Mais je ne comprends toujours pas, Samuel, pourquoi des enfants auraient besoin de ressentir cette douleur et cette peur. Pourquoi, nous, nous avions besoin d'en faire l'expérience.

Il est resté silencieux quelques secondes, cherchant peut-être les mots de sa réponse ou voulant donner plus d'espace et d'éclat à ces mots.

Parce que les enfants doivent connaître la douleur de leurs parents, a-t-il dit. Parce que les petits-enfants doivent connaître la douleur de leurs grands-parents. Parce que ces fils de pute, a-t-il dit en fixant et en criant presque sur les deux Allemands qui mangeaient leur soupe de crevettes au lait de coco, ont tué six millions des nôtres.

J'ai laissé échapper un léger soupir, quasi imperceptible, et aussitôt Samuel, en signe de lassitude ou d'adieu, grommelant quelques phrases injurieuses peut-être en hébreu, a jeté des billets sur la table. J'ai sorti moi aussi des billets de mon portefeuille et les ai jetés à mon tour sur la table.

C'est déjà réglé, m'a-t-il ordonné, chassant de la main une mouche illusoire pour que je retire mon argent. Je l'ai ignoré et j'ai laissé mes billets là, au-dessus des siens.

Nous sommes restés tous les deux silencieux pendant quelques minutes, comme une sorte de trêve, ou incapables d'ajouter quoi que ce soit d'autre mais tout aussi incapables de nous lever et de partir, et de ressortir dans la tempête de neige et de laisser les choses dans cet état, avec tous ces billets froissés et sales éparpillés sur la table d'un probable bordel thaïlandais.

Que t'est-il arrivé, Eduardo, dans la forêt ?

Ils ont disparu dans les bois de la même manière qu'ils étaient apparus, comme s'ils n'avaient pas été deux hommes mais deux fantômes ou deux ombres ou deux esprits de la forêt.

Je suis resté un moment assis sur ma main, au même endroit, dans la même position, paralysé, ma terreur encore palpable, craignant que le moindre mouvement de ma part ne les invoque à nouveau et ne les fasse revenir. Je savais que quelque chose d'important venait de se passer, tout en sachant qu'en réalité il ne s'était rien passé d'important. J'ai peu à peu cessé d'écouter le bruit de leurs murmures, des feuilles sèches écrasées sous le poids des bottes et des coups de machettes taillant dans les broussailles et, en silence, toujours assis sur ma main, j'ai enfin osé me pencher en avant et j'ai vomi par terre le peu que j'avais encore dans l'estomac.

*

Mes idées aussi s'étaient éclaircies. La fatigue, la faim, la soif, la douleur dans ma main droite, l'effroi d'être tout seul sur les hauteurs d'une montagne qui n'allait pas tarder à se retrouver plongée dans l'obscurité étaient encore là ; mais tout cela s'est soudain retrouvé noyé sous une bouffée de quelque chose, d'énergie nerveuse peut-être ou d'adrénaline due à ma rencontre avec les deux soldats ou guérilleros ou esprits de la forêt. Je ne sais pas. La seule chose que j'ai tout de suite remarquée, c'est que j'avais les idées plus claires. J'étais réveillé, concentré. J'avais retrouvé un semblant de paix. Je pouvais, à nouveau, penser avec clarté. Tout, autour de moi, semblait baigné d'un éclat enflammé, brillant, entre lilas et rosé. Et toujours assis au même endroit, au pied du chêne en forme de fourche, je me suis souvenu de deux conseils que nous avait donnés Samuel au cours de cette journée d'apprentissage de la survie, dans la prairie.

Parlant du soleil et des étoiles comme d'autant de boussoles, il nous avait dit que si un jour nous nous perdions dans la forêt, il ne fallait pas continuer de marcher, qu'il valait mieux rester immobile tant que nous n'avions pas une idée plus précise d'où nous nous trouvions et de la direction dans laquelle nous devions aller. Puis un second conseil m'est revenu – un corollaire du premier. Samuel nous avait expliqué que si cela devait arriver, si nous devions nous perdre dans la forêt, le plus important était de repérer des traces de civilisation, des routes, des lumières, des lignes électriques ou des voies ferrées; et que pour trouver ces traces, l'idéal était de monter se poster à l'endroit le plus élevé, que ce soit la crête d'une montagne ou la cime d'un arbre. C'est depuis l'endroit le plus élevé, avait-il expliqué, que nous verrions le mieux les choses.

Je me rappelle avoir songé que je n'avais plus la force d'escalader un arbre et qu'il me semblait illogique de continuer à gravir la montagne, car je n'aurais fait que m'éloigner et m'épuiser encore davantage. Mais j'ai décidé d'ignorer mon instinct et d'appliquer les conseils de Samuel. Je n'avais pas d'autre choix.

Je me suis levé. J'ai secoué le pantalon de toile pour le débarrasser de la poussière et des feuilles mortes, et j'ai entrepris d'escalader la pente à travers arbres et broussailles, m'ouvrant un chemin avec les mains. Il n'y avait aucun sentier. Pas même une sente étroite déjà taillée à la machette et empruntée. Mais j'ai poursuivi l'ascension. Et plus je montais, plus l'enchevêtrement d'arbustes, de branches, de plantes grimpantes, de longues lianes qui pendaient dans le vide se faisait dense, et plus l'épuisement me gagnait. J'avançais maintenant avec la lenteur et la lourdeur de qui marche au fond de la mer.

Je me suis arrêté un moment pour me reposer, reprendre mon souffle. J'ai entendu un grondement de tonnerre au loin, puis un deuxième plus fort que le premier : un vacarme rauque et prolongé qui semblait jaillir des profondeurs mêmes de la montagne, comme si celle-ci grognait après moi ou essayait de me dire quelque chose. Je savais qu'il y avait peu de chance qu'il pleuve (ce n'était pas la saison des pluies), mais je savais aussi que je me trouvais dans une zone sismique, à proximité de deux ou trois volcans en activité. Levant les yeux vers le ciel, à la recherche de gros nuages ou des premières étoiles, j'ai vu que là-haut, par-delà les branches de ce baldaquin, juste au-dessus de l'endroit où je m'étais arrêté, un urubu noir volait en cercle. Le regardant planer avec facilité, sans le moindre effort, il m'a semblé entendre le sifflement du vent dans le plumage sombre de ses ailes. L'idée m'a traversé l'esprit que l'urubu noir me traquait, que la charogne c'était moi, que l'urubu noir sentait dans l'air l'odeur de mon pouce infecté et putréfié, l'odeur de ma mort aussi, et qu'il attendait que je m'effondre sur le sol pour descendre du ciel. Mais je me suis libéré aussi vite que j'ai pu de cette pensée et j'ai repris ma marche. Avec une détermination désormais plus grande, un élan plus vigoureux, bien que harassé et à bout de souffle à présent, les mains sales et écorchées, tout crotté de boue et de sueur. Jusqu'à ce que, enfin, après une interminable montée escarpée, la forêt s'entrouvre devant moi.

J'avais atteint une parcelle qui avait jadis été plantée mais se trouvait à l'abandon, et dont le coin le plus élevé m'offrirait une vue sur le bas de la montagne.

Je me suis reposé quelques instants, laissant mes yeux s'accommoder à la lumière blafarde du crépuscule. Une ombre bleue avait subitement recouvert la montagne. Tout là-haut, tel un coup de pinceau noir sur la toile indigo qu'était devenu le ciel, l'urubu planait toujours.

La nuit tombait. Il y avait déjà un peu de brouillard et de brume et je n'ai rien pu distinguer. Ni routes, ni lumières, ni lignes électriques, ni voies ferrées. Et puis soudain, au loin, émergeant du feuillage et à peine visible, à peine reconnaissable, j'ai aperçu un ruban de fumée dense et grisâtre.

*

Ce n'était même pas un hameau.

Rien que deux petites huttes carrées, l'une à côté de l'autre, constructions de fortune en adobe et planches de bois, avec en guise de toit quelques tôles en aluminium. Des plants de maïs sauvages poussaient d'un côté, près d'un grand arbre dont l'épaisse frondaison verdoyante était parsemée de fleurs d'un intense rouge grenat ou vermillon. En face, dans une sorte de patio en terre desséché, des poules picoraient le sol autour d'un chien noir, sans race, qui dormait dans une dernière flaque de lumière. Un cheval brun était attaché au tronc d'un poirier avec un lasso de fermier détricoté, plus proche d'un tas d'os que d'un cheval. Tête basse, il mâchouillait quelque chose sur le sol, une touffe d'herbe peut-être ou une poire à moitié pourrie. L'épaisse fumée que j'avais vue s'échappait par la porte ouverte d'une des huttes. Quelqu'un, à l'intérieur, applaudissait.

Je me suis approché lentement, avec prudence, mais le chien a aussitôt détecté mon odeur dans le vent et dressé la tête. Il s'est mis à aboyer.

Une vieille dame de petite taille, peau brune et cheveux argentés, est sortie de la maison. Pieds nus, elle portait un huipil couleur crème avec des broderies orange et bleues, un tocoyal pourpre sur la tête. Au-dessus d'elle, comme une avalanche de cloches, étaient suspendues les énormes fleurs blanches d'un buisson de trompettes du jugement. Elle tenait à la main une tortilla encore crue.

Que désires-tu, petit.

J'avais la bouche desséchée. J'étais incapable de parler. J'ai mis du temps à me rendre compte qu'à nouveau je pleurais.

Petit ? a-t-elle répété, en s'approchant un peu.

Le chien s'est levé d'un bond et s'est mis à courir vers moi, mais la vieille dame lui a crié quelque chose que je n'ai pas compris, le chien a cessé d'aboyer et il est retourné s'affaler au même endroit.

La vieille dame est restée silencieuse, comme pour me laisser respirer. Nul jugement dans ses yeux noirs.

Alors j'ai aspiré une grande bouffée de la douce sérénité de la nuit et, essuyant sur une manche mon visage plein de saleté et de larmes, j'ai réussi à bafouiller que je m'étais perdu.

*

La maison était d'un seul tenant – une pièce unique, imparfaitement carrée. Il y avait une petite paillasse défaite dans un coin et un hamac en fil de chanvre suspendu dans un autre. L'unique source de lumière était une antique lampe à pétrole rongée par la rouille, posée au centre d'une table en pin. Du plafond pendaient des grappes de piments noirs, de piments multicolores, d'épis de maïs blanc. Sur le sol de terre battue, autour de mes pieds et sous la paillasse et la table, bondissaient quelques lapins gris, empotés, possiblement domestiques. Une Vierge dorée et triste priait sur un calendrier cloué en hauteur, sur un des murs en adobe et planches de bois. Allongé sur le seuil de la porte restée ouverte, le chien noir attendait, nerveusement, dans la nuit plus noire encore, avalant sans les mâcher tous les morceaux de pâte à tortilla que la vieille lui lançait. À côté de la porte, sur une table basse qui ressemblait plus à une marche, se trouvait une bougie solitaire, allumée, les pétales orangés d'une fleur des morts et la photo sépia d'un adolescent à l'air circonspect, coiffé d'un béret bordeaux et en tenue de soldat. Un chapelet était suspendu au cadre de la photo.

J'étais à l'intérieur de la maison, assis sur un petit banc, à boire de l'eau fraîche aromatisée à la cannelle et sucrée dans une grande tasse en étain, et à manger des tortillas tièdes saupoudrées de gros sel. Mes pleurs, quoique silencieux, étaient constants, incontrôlables, comme si mes yeux avaient besoin de se vider de toutes leurs larmes. J'avais sur les épaules un poncho en laine de mouton et la main droite badigeonnée d'un onguent visqueux à base de cendres et de sève. Les bûches de pin de Montezuma crépitaient près de moi.

La vieille dame se tenait debout devant moi. Elle n'arrêtait pas d'essuyer les larmes sur mon visage de sa main rugueuse de grand-mère, et de m'envelopper le corps dans la fumée de l'encensoir en terre cuite qu'elle balançait de son autre main, tout en me susurrant des mots dans sa langue maya. Une prière, peut-être. Peut-être rien du tout.

L'époux de la vieille dame n'allait pas tarder à rentrer, et, à eux deux, ils me hisseraient sur le cheval pour m'emmener jusqu'à une caserne de pompiers à San Martín Jilotepeque, le village le plus proche. Ce n'est que bien plus tard que je me rendrais compte que j'ignorais son nom. La vieille dame ne me l'a jamais dit et je ne l'ai jamais demandé. Mais assis là à pleurer encore en silence devant elle, dans la chaleur d'un comal blanchi par les ans, j'avais conscience que ce qui me ramenait peu à peu à la vie, ce n'étaient pas les caresses de sa main rugueuse qui sentait le maïs et le charbon de bois, ni la fumée d'eucalyptus sur mon corps, ni l'onguent noir à base de cendres et de sève, ni même les tortillas salées ou l'eau fraîche aromatisée à la cannelle, mais ces étranges mots susurrés, ces mots immémoriaux, ces mots qui à l'intérieur de ce qui était à peine une maison, se mêlaient jusqu'à se confondre au chant de milliers de grillons dans la nuit.